天地诗心

吉星诗歌作品选

吉星 著

本书获哈尔滨工业大学文化素质教育课程建设立项支持

知识产权出版社

全国百佳图书出版单位

图书在版编目（CIP）数据

天地诗心：吉星诗歌作品选 / 吉星著 . -- 北京：知识产权出版社，2017.8（重印）

ISBN 978-7-5130-4824-8

Ⅰ . ①天… Ⅱ . ①吉… Ⅲ . ①诗集—中国—当代Ⅳ . ① I227

中国版本图书馆 CIP 数据核字 (2017) 第 057969 号

内容提要

吉星的诗词借鉴了古人的意韵，融入了时代的色彩，加进了自己的情思。大自然的阴晴云雨、人世间的悲欢离合都被他及时捕捉下来，熔铸成扣动心弦的诗。本书分为古韵清音、流光心曲、缀玉联珠三个篇章，所选三百余首诗歌立意高远，韵味悠长，具有独特的文人气息，展现出作者高超的诗歌技艺、深厚的人文素养和对天地万物独特的观察。同时，这些饱含真情的诗作也为这个物质化的年代注入了一份浪漫的情怀。

责任编辑：徐家春   责任出版：孙婷婷

天地诗心——吉星诗歌作品选

TIANDI SHIXIN—JIXING SHIGE ZUOPINXUAN

吉星　著

出版发行：	知识产权出版社 有限责任公司	网　　址：	http://www.ipph.cn
			http://www.laichushu.com
电　　话：	010-82004826		
社　　址：	北京市海淀区西外太平庄55号	邮　　编：	100088
责编电话：	010-82000860转8573	责编邮箱：	823236309@qq.com
发行电话：	010-82000860转8101/8029	发行传真：	010-82000893/82003279
印　　刷：	北京中献拓方科技发展有限公司	经　　销：	各大网上书店、新华书店及相关书店
开　　本：	720mm×1000mm　1/16	印　　张：	17.5
版　　次：	2017年5月第1版	印　　次：	2017年8月第2次印刷
字　　数：	182千字	定　　价：	38.00元

ISBN 978-7-5130-4824-8

玛丽·拉维

法国著名画家

玛丽·拉维
法国著名画家

给妻子：题我的一本诗集

吉　星

春风吹亮新鲜的阳光
千万树雪花飘飘洒洒
火山燃尽之后安然守望
岁月盛开了灼灼华发

无人知晓生活的真相
即便以诗的名义究察
只是生命太短思念太长
携手诉不完一生闲话

消解无数浪漫和梦想
陪伴孩儿们慢慢长大
当末日带来青春的芳香
趁天晴我们去看海吧

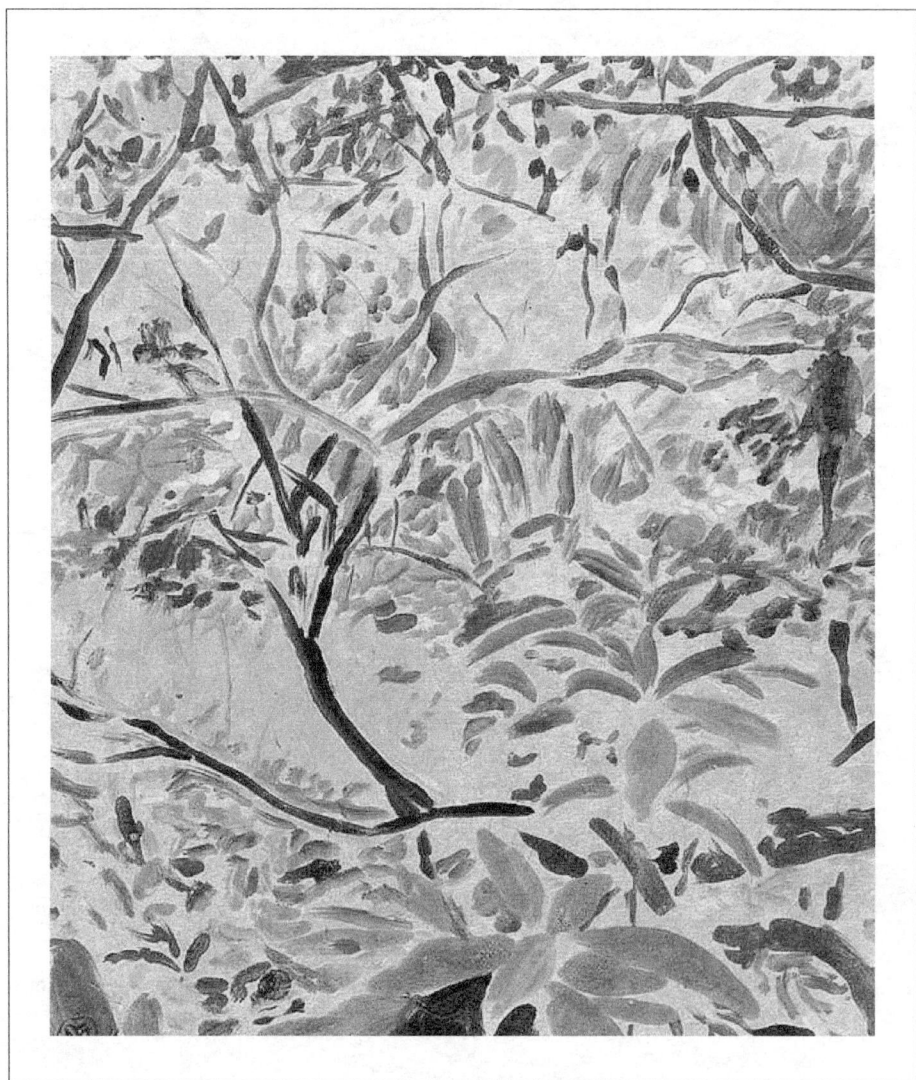

玛丽·拉维

法国著名画家

序 一
——2007年自印版诗文集原序

圣 洁

黄昏，这道看似无情却有情的人间风景，总是毫不顾及地垂下今天的落幕，不管你是否情愿。同时，也酝酿着明天的序幕，给你丢下憧憬。

"我常在清静的黄昏，临窗取出心爱的口琴，用幽怨的曲调，缓缓吹出淡淡的忧伤……"被吉星这散发着清新，也隐含着惆怅的诗句，深深打动着。以至于，很想沿着那飘然而去的淡淡忧伤，将那些被时光掠去的缘由，牵回到他的手中。

青春的印迹，无论悲欣酸甜，还是炽热平淡，都会附着在每个生命的行囊中，伴你启程。也许，未来的时空、喧嚣的岁月、忙碌的生活，会渐渐淹没这个印迹。但是，那舞动着韶华、扎根在记忆中的绿坪，又未尝不再清鲜。

虽然南宋辛弃疾曾在薄暮之年有过感叹："少年不识愁滋味。"可是，我却从吉星这些倾淌着浓浓眷恋的文字中，品出了"……流不尽，许多愁"。

亲情爱情，家国手足，吉星拳拳赤子般的深情，讴于谷底的幽幽倾洒，全然埋藏在隽永的作品中。时会令人触动，不觉动容……

序 二

姜长宝

一、行者吉星

活在这个时代，每个人的胸腔里都装着一颗躁动的心。对亲近大自然的渴求，对窥探未知世界的欲望，以及摆脱束缚、追求自由的向往……可是想的人很多，做的人太少，更多的人止步于生活琐碎的束缚，心虽不羁却一再搁浅，徒留深深的喟叹和遥遥的惊羡。

吉星是个例外。

吉星是我的好朋友，虽然在高校做行政工作，却更像一个蛰居的诗人，喜欢诗歌、音乐、太极，还有旅行。我试图用许多的词汇来"定义"他，比如诗人吉星、好人吉星、大才子吉星，但颠来倒去总不能如愿。直到那日，偶然间翻阅余秋雨的《行者无疆》，兼具骨感和美感的文字深深撞击了我。诗者无界，行者无疆。"行者"二字跃然纸上，冠之于吉星，也可谓恰如其分。

前年秋天，在 QQ 上收到了吉星的旅行游记《只为途中与你相见》，洋洋洒洒七万余字。循着诗者的足迹从哈尔滨到西藏，从东北的白山黑土到西南的俊美高原，一行行的文字穿针引线，带着我和我的思绪在纸面上飞驰。有时候，想象吉星或许就像古代仗剑走天涯的侠客，武功不高，但行囊不小，在江湖里飘啊飘，走南闯北地寻仙拜佛。当然，能不能成侠不知道，但有一点无疑，即使把他遣返回古代某个血雨腥风的江湖，他也成不了所谓的高手，只因有着诗人的通病：心太软。有诗为证：

——"看着瘦弱的月亮，天都这么冷了，你是否也穿得那么单薄？"（诗歌《在哈尔滨等你》，吉星）

作为一个有家室的人，有时候我觉得吉星太过奢侈，满满一个月的假期都在"游山玩水"，这样的"光棍儿"生活也太了无牵挂。可是每一次读完他的游记，自己原来那些引以为傲的"居家"自豪感竟荡然无存，除了羡慕，还是羡慕。走在无人的旷野，远离熙攘的人群，远离闹市的喧嚣，聆听古道西风的低吟，感受大漠孤烟的静谧，品味藏区雪原的禅境，是何等的惬意！现代的人，敢于打破现实樊笼的人少之又少，缺乏的是迈步的勇气。今年寒假，他终于去了酝酿数月、朝思暮想的印度。

"像吉星一样热爱生活"，我在博客里写。

——"我想伸手引来一缕向晚的微风／踏着山中流水的月光徐行／我愿起舞独酌一壶半醉的浊酒／伴着林间蹁跹的白鹤长啸……"（诗歌《莫来阻我一世的逍遥》，吉星）

本来无一物，何处惹尘埃？在忙忙碌碌中，大多数人如我一样，用匆忙的脚步来追名逐利，如瓶中鱼、笼中鸟，无暇欣赏人生旅途中的诸多美景，甚至连喘息都似带着铜臭味儿。同样是年轻，当我们习惯用级别衡量成败的时候，吉星已经用跋涉的脚步叩问生命的意义。趁年轻，可做、要做、能做的事情实在是太多了，每一个步履匆匆的人都应该停下来好好想一想，问问自己活着是为了什么，走到最后要去往哪里。

天上的星星有很多，可叫吉星的，有且只有那一颗。

他是一个内向腼腆的人，但在某些方面却有着执拗的犟脾气，大抵这也是诗人的通病吧。他在自然里游走，也在诗歌里云荡，一而再，再而三地去"求索"。前年，他送我一本学生时代自己编撰的"诗集"，装帧过于质朴，词藻也不华美，与那些大作家华丽精美的文集相比，简直就像一本画满了加减乘除的演算纸。可就是那些浸润着校园清新气息的文字，再一次让我缅怀起青春岁月，也只有在这样简单、纯粹、明净的文字里，不甘平庸的懵懂时光才能得以沉淀。遥想自己当年的旦旦誓言，有些自惭形秽，我做了诗歌的叛徒，但吉星依然虔诚。

吉星是这个时代的另类，也正因如此，恰恰印证了他的与众不同。还有更遥远的路需要他远行，更神奇的世界将在他的笔下生花，更多的诗歌在他的耕耘下暗香盈袖。于他，俗尘凡世莫扰，只需一支写诗的笔、一双洞察的眼和一颗自由的心，在寻找生命真谛的路上，如行者一般继续行着……

——谨以此文向好友吉星致敬，2012 年 3 月 9 日。

二、韧者行远

"吉星的诗集终于要出版了"。

当吉星邀我"续写序言"的时候，我的脑海里立马浮现的就是这句话。与他相识近十年，吉星有许多为大家津津乐道的地方，而"诗歌"二字就是他身上最鲜明的标签。作为同样在工科高校工作的文科生，某些气质方面我俩是相似的，譬如对文字的喜爱与痴迷。我们曾彻夜畅谈诗歌写作的心得，曾连续几年策划校工会的迎新春视频，也曾组织三届学校诗歌交流会……我还有幸参加了他的个人诗歌作品朗诵会并现场朗诵名为《生活》的诗歌。

　　但对于诗歌，必须要承认，他比我喜爱更多，也虔诚更多。在他身上，"诗歌"这个标签镶嵌地太过牢固，以至于远远地看他走来，似乎看到的就是一串奔腾跳跃的文字，不经意间总能碰撞出诗歌的韵律。2012 年，我曾给他写过一篇小文，名为《行者吉星》，零光片羽地诉说了相识五年对他的印象。到如今，又一个五年倏忽而过，我想在"行者吉星"后面再加上一句"韧者行远"。

　　谈到诗歌，每个人都能说上个一二三，甚至许多人都曾经写过。可真正成为诗人的却寥寥无几，诸如我之类的大多数人成了诗歌的"叛徒"，坐不住冰冷的椅、静不下浮躁的心，眼前被千万条规矩和方寸束缚。作为一个籍籍无名的诗人，吉星诗集的出版，与其说是坚持的胜利，不如说是信仰的达成。诗歌写作是孤独的、悲怆的，在这个名利沸腾翻滚、视诗人为另类的时代，片刻的思考都很奢侈，何况是如捕手一般日复一日地在心灵的旷野追寻那只言片语。

　　对于诗歌，吉星就像是一个虔诚的信徒，执着且不悔，勤奋又坚守，非一句"不忘初心"就能一语带过。依稀记得十年前，在阴暗窄仄的单身公寓"五系楼"里，他信誓旦旦地和我说想要出本诗集，还送我一本他自己装订的如"五系楼"一样残破的小册子，我当时应该是说了一些冠冕堂皇鼓励的话，内容已经记不得了，无非就是"坚持就是胜利"之类。可是"坚持"，说来容易，何其难哉！

从他 2007 年来到哈工大工作，在校报编辑的椅子上一坐就是十年。他总是充满激情地热爱朋友、热爱生活、热爱世界，甚少从他口中听到抱怨和愤懑，他十分清楚地知道自己内心的坚守，不管是面对孤单、贫穷还是别人的不解和轻蔑。十年间，他走过了许多国家和地方，和志同道合同样喜爱文字的小何组建了家庭，生了两个漂亮的小公主——小满和元元，练就了一身的太极功夫，写下了几十万的文字。反观自己，工作十年来辗转腾挪了七个部门，那些个寂静无眠的夜常常会生出许多困惑：生活到底是为了什么？

里尔克说：灵魂没有庙宇，就会被雨水淋湿。有梦想的人，才能真正写下有温度的文字，才能到达他人未曾到达的地方，才能心平气和地面对生活的困惑。吉星就是一个有梦想的人，说他是诗歌的虔诚信徒一点也不为过，他把对诗歌的愚爱转化为对生活的热忱，身似不系舟，似乎总是在找寻下一首诗歌的韵脚，始终在坚持、在感性、在诗意。

伟大的诗歌，不是因为被印成铅文出版而不朽，而是因为它刻在人的心上而感动。

吉星，你做到了。

—— 姜长宝写于 2017 年 1 月 15 日

我当然是诗人（代自序）

——2012年吉星诗歌作品朗诵会演讲稿

我当然是诗人。这一点我自己毫不怀疑，也毫不推辞，更毫不掩饰。

听说我能写写诗什么的，很多同我认识不久的人都要再追问一句："你写诗呀？"这句话不外乎两种解释：第一是，你吉星这样的也能写诗？我说这个，咱可不能以貌取人呀。其实，我小时候长得并不这么磕碜，也还是挺招人待见的。我爸英俊潇洒，我妈秀外慧中——当然这并不能成为我写诗的充分必要条件。我是说，我写诗恐怕缘于当年爸爸给我买的各种书籍和他自己的藏书。小时候，读了那些书后，我就觉得我也应该是、而且必须是一位大诗人啊，我也要写诗——由此可见，家庭的环境氛围和潜移默化的早期教育对孩子是多么重要。我能成长为今天的我，别人怎么评价我不管，反正一路走来，我无怨无悔。对此，我必须得感谢我们家老头儿老太太给了我无为的引导和最大的自由——爸爸妈妈谢谢你们。扯远了，反正成为诗人学者民主战士诸如此类的念头光临了我的思维后，就一直不曾远离，所以我写诗，一直到现在，一直到未来，一直到永远。

"你写诗呀？"第二种理解是，这年头谁还写诗呀！？写诗的早就成了异类。很难想象，在我们这样一个伟大的诗歌国度里，诗歌竟然沦落到如此的地步。各种主义纷至沓来的喧嚣早已让中国诗歌失去了原有的平和与宁静，诗人们也渐渐丢掉了得之于传统文化中的美丽精神。于是乎，越来越多的"诗人们"开始胡言乱语、越来越多的"诗人们"开始准备以诗歌来拯救世界，可惜世界没被拯救，他们自己等不及就先自杀了。这类诗人不是我心目中真正的诗人，他们中很多人写出来的诗我也不大喜欢。

那我所谓的诗歌和诗人应该是什么样的呢？我有个写诗的笔名叫"诗与心"，源于《诗纬》中非常重要的观点"诗者天地之心"。道家讲"道乃天地心，愚痴不解寻"。在我看来，诗就是道。我推崇诗意的生活，向往自由的人生，一直追求"从心所欲不逾矩"的境界，极力保持"外化而内不化"的德性。一言以蔽之，就是孟子所说的："大人者，不失其赤子之心者也"。

与之相反的是"伦常乖舛，立见消亡；德不配位，必有灾殃"。有些人在欲望的驱使下越来越贪婪，越来越虚伪，越来越无耻，进而最终完全失去了自我。我的观点就是，人生本来就已经够虚幻了，为何还不保留一些属于自己的本真呢？也请同志们务必相信，生命中那些不是诗的东西只是为了衬托诗的美好。

《泰坦尼克号》有句台词："我是世界之王（I am the king of the world）"，大家都说好，其实不然。我以为"我是世界之王"并没有什么好得意的，真正得意的应该是——"我是我自己的王"（I am the king of myself）。大家说是不是啊？罗素说："对爱情的渴望，对知识的追求，对人类苦难不可遏制的同情心，这三种纯洁而又无比强烈的激情支配着我的一生"。我跟他的理解稍有不同。我以为，人这一辈子，不是说别的事情不重要，只是生活在这样一个时代，有梦想，做自己，做自己的王最重要；做一个有益于人民的人最重要；和彼此相爱的人在一起最重要。

自由梦想、公平正义、有情人生这三者便是我缺一不可的信仰，是我以诗的激情去追逐的道，是我矢志不渝的目标。除非不投入，选择即用心；世间匆匆客，一笑解凡尘。我平时对很多事儿都不大上心。但只要我认准了一些事，看顺眼了一些人，我都会义无反顾地去投入，我都会掏心掏肺地对他们好。

黄家驹说，我感受的，思想的，会用歌唱出来。诗歌是我用来表达对理想、对感情、对生活的理解、渴求和投入。对我而言，诗不仅是言辞更是行动。写作就是熟练工种，让本能变为自觉，所谓的灵感也只是对勤奋最美的报偿。

从中学到大学，再到工作，我身边不乏有才情之人。但是在写诗作文方面，他们几乎都没有坚持下来。我觉得，想放弃了，什么都是借口；决意坚持，一个理由就足够。坚持，我就是肯为没有结果的事情去坚持。所以，也请大家不要放弃，不要给青春留下遗憾，不要给自己留下遗憾。

我以为，一个人愿意坚持什么，并非因为看到别人做了才去效仿，而是无论在何种情况下都做出了属于自己内心的选择。你的选择可以让你自己相信理想，相信爱情，相信一切美好的东西。希望不在别处，恰好在你自己身上。

其实，我也会害怕失去身边最美好的点点滴滴。心里想着什么便急急忙忙去做什么，不成想很多时候反而加速了失去的过程。最近我才想明白了，正如徐志摩说，美不能在风光中静止。的确如此，凡是美的，都是流动的，凡是流动的才真正是永恒的。

我当然是诗人。而且假我以时日，我肯定能成为一个大诗人。但我不仅仅是诗人。我还爱读书，爱思考，爱旅行，爱太极拳，爱电影，爱生活，爱祖国，爱人民……爱我所爱，用心去爱。

拿太极拳来说，拳跟诗一样，也都是道。不过，诗是由内而外的，拳是由外而内的。诗适合与人交流，拳却更需要自己明悟。所以，我肯为你用心写一首诗，但未必肯为你打一趟拳。我相信自己，许多年之后，我的武名必将盖过我的文名，我的侠名必将盖过我的诗名。但所有的这些，如你所知，都是浮名。真的都不重要。

今天我想借着这个机会，跟我生命中非常非常重要的一些人谈谈我的想法。你们当然已经了解我是什么德性了，但我又怕你们不能完全体察我的心思，以为我总是这么任性自我，以为我总要这么愤世嫉俗，以为我总是要对某些事无法自拔。不是这样的，至少我生命中有比诗歌和太极拳更重要的事情。

人活一世，真正重要的是什么？是感情。我说了这么多，所有以上的这些都是基于一个条件，那就是感情。我心甘情愿接受感情的羁绊，同时也想着能潇洒地活着。"天地虽大无名姓，潇洒乾坤一丈夫"，这样一个目标也并非虚无缥缈，我相信我能够以我自身的经历证明给大家看。

这次朗诵会其实也是一次私人的小型聚会。今天来这里的老师和同学，大多数也是我很好很好的朋友，至少是我愿意与之交心的人。正是因为如此，我才敢要求你们务必从外地赶来哈尔滨，务必推掉其他的事情来给我当主持人，务必给我做好我安排的各种工作，务必……

我是一个主张不言谢的人，所有帮助过我，给过我温暖的人我都已记在了心底。过多感谢的话我不说了。还是那句话，我的诗都是我用心来写出来的，今晚由我的朋友们用心来朗诵，也希望各位用心来倾听。

谢谢大家！

目录

古韵清音

玛丽·拉维
法国著名画家

鹧鸪天

滨海槐花五月时，紫桐飞鹊叶参差。流光月夜暗香动，幽梦春潮孤影痴。

儿女意，密如诗，平生心绪诉谁知？天涯望断群星老，无奈此情犹费思。

鹧鸪天

当时相思随口说，而今岂料已成魔。诗心飘逸觑风月，纵是佛歌也艳歌。

红袖醉，数银河，几回魂梦泪痕多。愁来只把桃花舞，清影流云星似梭。

女冠子

闲愁最盛，头顶一轮明月，信步蹀。少年拿云志，此间更寂寞。

恨古人不见，吾空馀才情。萧条异代时，岂奈何。

八声甘州·武侠

怅千山寒月梦九天，怀人未曾休。剑花随雪舞，琴声似电，星海飞流。相见争知何日，遍问我神州。独立长江水，不尽凝愁。

自古多情难奈，纵诗心凄切，醉也无由。念当时初见，何事苦淹留。笑天下，英雄气短，醉浮生，垂泪上眉头。今始悟，情关难闯，爱字如钩。

鹊桥仙

独酌未尽，幽思几度，吹罢短笛信步。不知何处暗香来，细看是，花开如雾。

紫桐渐老，玉槐滴露，寂寞烟霏似暮。云积犹有落雨时，不似我，多情难诉。

风流子

飞花落满径，春光误，又是葬香丘。泪眼看紫霞，月失颜色，晚星憔悴，人也凝愁。楚风动，少年相忆处，曾是舞萍洲。琴瑟有情，鬓丝吹影，婵娟无语，烟水空流。

旧情能还否？横塘尚有问，莫教矜羞。幽梦醒时已悔，谁共重游？念青春老去，诗心画笔，怎生写就，尘事悠悠？情到不堪言处，独倚西楼。

唐多令

星舞雪光流，离思照画楼。卷风烟，花落萍洲。春水千回犹觅路，不似我，乱如愁。

情事怅无由，怀人梦未休。信步踱，心绪难收。欲赋新词谁共洒，旧时月，少年游。

风流子

萧萧木叶下，平生意，倩谁醉清秋。最难忘旧时，梦花春色，雨残烟重，人也娇羞。海天浅，月沾萤火处，虫舞柳梢头。携手有情，剑箫合璧；暗香风动，云鬓轻柔。

此情天知否？谁来定命运，却教家仇？空恨剑锋所指，恩怨难休。怪青娥舍我，黄泉自赴，万般叮嘱，苟且缘由。涤世上不平事，盟誓时候。

水龙吟

海天灯火阑珊，蹁跹白鹤风烟迷。登临送目，故园此刻，更教相忆。世事浮沉，一时困惑，知音难觅。叹红颜白发，弹指明灭，俱往矣，空悲切。

月照愁积云闭，夜悄悄，凭谁唤取？微斯人也，平生憾事，恨此才气。妙语连珠，佯装欢娱，狂歌一曲。笑谈忽不语，蓦然窗外，雪翩翩起。

鱼游春水

花开东风里，闲看孤云来又洗。浮生半日，杯酒佳木双倚。一溪风物波光新，满川烟草天地异。相与笑谈，诗心词笔。

翩翩蝴蝶谁似？含笑含颦伊人丽。不辞伴我清贫，此生不弃。易安赌书清茶香，司马弹琴女儿意。躬耕养禽，更无他事。

江城子·悼祖父

那年谁解死生伤，怕思量，不思量。犹作儿时，肯信在身旁。今日哀愁应淡去，思往事，泪茫茫。

梦中唤我盼还乡，未重逢，永成殇。倩取何人，桑梓念孙忙。万里平原独步处，星不语，夜茫茫。

满江红·悼祖父

万里平原，北风紧，霜天似暮。烟村外，寒鸦数点，悲深如雾。片片飞花成恨泪，永别尘世福跟苦。对新坟，纵有万般语，凭谁诉？

都如是，争留住？天不老，花辞树。叹昨日牵绊，殷切叮嘱。久立沉吟思往事，昔时行貌今犹故。莫回首，将欲自兹别，行还驻。

滨海路徒步
鹧鸪天

海韵秋天木叶飘，绵绵黄绿太妖娆。浮生莫道无惊喜，徒步滨城山路娇。

红尘事、暂且抛，狂歌一曲任逍遥。阴晴笑泪由它去，已过烟雨北大桥。

风入松

斜风细雨旧朝阳，陌上花香。倚亭独看沙鸥翔，水沉烟，烟雨茫茫。海阔犹难泪却，人痴怎堪情藏？

前尘不念自凄凉，痛我柔肠。攀山观海当年事，算而今，谁与游赏？两处沉吟长恨，一壶浊酒相忘！

人月圆

香飘残照芳菲去，散尽一生缘。花开易落，曾经笑语，今夜耳边。

三生尘梦，两厢沉吟，独对长天。从来情苦，晓风残月，灯火阑珊。

破阵子

是谁凭栏独叹，凝眸霰雪霏霏？瞬息浮生万端变，幽幽蝶梦一是谁？徊知是谁？

月色何由圆缺？花残为谁消魂？最是黄昏梧桐雨，滴到天明还纷纷，吾亦伤心人。

鹧鸪天

微雨长天飘若丝，残心难愈怅如失。
风前谁诉离别意？笑泪纠缠总是痴。

魂梦破，叹今时。一壶浊酒祭相思。
飞花逝水终成错，纵使衷情须自持。

念奴娇

谁怜衰草，过深秋，天地亦褪颜色。风吹佳木
三万顷，散尽千山红叶。皓月寒晖，飞雪无影，人
事俱澄澈。终难再会，一腔情意怎生说。

孤身空叹流年，星光曾照，此处当时雪，携手
小舟不觉冷，而今人去水阔。恨泪盈江，欲饮取斗，
匆匆世间客。击节长啸，哪管今夕何夕。

眼儿媚

江月繁星夜如流，花径有人愁。风移影动，水吹春皱，恰似眉头。

多情长怕无情恼，道是醉方休。且歌且舞，痴心不禁，雁过萍洲。

十六字令

飞！烟雨新晴目翠微。人何在？桂影照芳菲。

一对年轻的恋人，女孩得了不治之症。神明答应了男子的再四请求，女孩康复，男子变成了一只鸟。从此女孩在开满草花的河边唱歌跳舞等待男子归来。男子却在女孩头顶上默默地来回飞旋，脉脉地注视着女孩。近在咫尺无法相认。一天一场大雨，女孩依然没有走开……烟雨新晴的景色很美，但月光照到的鲜花河畔，却没有了女孩纯真的笑脸、天籁般的歌声和曼妙的舞姿……只有那只鸟儿还在哀伤地鸣叫，一圈又一圈地盘旋，极目寻觅，直至精疲力竭掉落下来……

山重重，雨濛濛，燕过斜阳一抹红，江帆阵阵风。
月胧明，夜胧明，浊酒一壶难忘情，渔火点点星。

歌飞扬，舞飞扬，寂寞清泪第几行，曲终人断肠。
山苍苍，水泱泱，无尽云天自怅惘，雾浅弥月光。

娇莺啼，花枝底，一片柔情化细雨，此恨何处避。
神脉脉，情依依，想念相见忽不语，梦里泪暗滴。

花渐少，叶又飘，偏是逢秋人寂寥，倚树望碧霄。
云山绕，鱼水跳，风过金草日落桥，懒把琴瑟调。

葬花魂，祭花魂，雨落雕窗深闭门，孤灯听不闻。
忧也心，伤也神，草木秋痕残几分，哪堪比泪痕。

楚歌凄，梦迷离，凭谁来解曲中意，楼空莫独倚。
溪水急，河水急，为谁流向潇湘去，夜寒星正稀。

涕恣流，歌不休，卧看云天一瓢酒，秋来人更瘦。
心上秋，愁更愁，也拟散发弄扁舟，逍遥谁共游。

长相思二十一首

聚不成，梦不成，起来独自对月明，夜虫都无声。
山一程，水一程，山水迢遥争觅影，明月寄此情。

心与诗，泪与诗，不恨今生情最痴，但恨有相思。
欢亦诗，悲亦诗，欲赋深意无觅辞，帘外雨如织。

觑流云，自黄昏，踽踽秋风若断魂，孑然世上尘。
月无痕，心有痕，换取金波第几樽，莫教觉此身。

诗与心，泪与心，一任三生痴化真，为谁牵梦魂。
情几分，怨几分，万古长空孤月轮，何曾照旧人。

问归期，情依依，烛影摇红长太息，悲稠欢笑稀。
雨泪滴，月凄迷，独步秋风闻鸟啼，梦回若耶溪。

叹平生，枉多情，残照无心满玉锺，萧萧落木声。
秋已清，忆相逢，舞尽蟾光梦不成，相思风雨中。

愁难眠，月光寒，只影无端忆旧年，槐花香玉颜。
叹尘缘，俱如烟，银杏滨城秋叶旋，应知人未还。

远山寒，行路难，眉锁沧海尘落弦，扫云看月圆。
百花残，何须怜，莫使韶华负少年，天涯一骑先。

泪花琴，冷孤魂，一曲骊歌伤客心，天涯栖此身。
秋意深，自沉吟，情到浓时只剩真，月明照古今。

走千山，赴红颜，除却相思无真言，鸳鸯绣幢幡。
醉花间，醒复癫，执手今生谓涅槃，万劫如是观。

长相思，长相思，一曲琴箫雨泪织，心结孤影痴。
不相思，不相思，陌上花开归去迟，西窗共剪时。

溪水萦，雏凤清，梦里青梅灿若星，流光为我停。
杨柳风，江水萍，物是人非华发生，断肠不问情。

梦难成，醉易醒，落寞心魂栖复惊，起身对晚星。
窗外灯，照无声，谁解今生过往情，欲说旧泪盈。

忆旧容，忘相逢，何处隐隐管乐声，悲歌不忍听。
重行行，觅归程，料峭春风酒一钟，天涯孤月明。

当时每天在图书馆学习
已经习惯了那种生活
仿佛一生都会如此
却不知现在看来
那时短暂得一如相逢

那个时候
每天清晨相伴吃饭
晚上再一起回来
一起说笑着
笑得那么厉害
连环山路都倾斜了

如今眼看劳燕分飞
可这颗心还是没变
思念无穷无尽
但终究不似昨天
我们可以那么轻易的相见
不管欢笑流泪
都是那么率性洒脱

诉衷情·忆考研

当时只道共今生，岂料暂相逢。暮归朝往相伴，
相与笑路倾。

人去也，此心同，念无穷。何当昨日，相见寻常，
笑泪从容。

采桑子

昏鸦衰草弦音怯，千转回肠。桑梓他乡，无奈平生两鬓霜。

尘缘长忆泼茶事，红袖添香。薄命悲凉，谁为归人细端详。

浪淘沙

无语自心哀，幽径低徊。重游可见故人来？寂寞荼蘼花事了，点点苍苔。

聚散似尘埃，谁为安排。瑶琴一曲月华开。不教年年肠断处，情意深埋。

采桑子

春风几度幽人老，不待秋声，花谢蘋汀，零落知交共月明。

天涯旧友同一醉，谁解平生，偏教多情，最是伤心梦不成。

玉蝴蝶·述怀

雨过落红无数，五弦声寂，立尽斜阳。触绪销魂，杯酒谁劝凄凉。叹人生，不如初见；对晚星，莫辨流光。旧情伤，笑颜何在？独我彷徨。

清狂，佳期梦陨，几番风月，百转回肠。欲饮且歌，舞低孤影尽余觞。指苍天，诗心切切；问大地，烟水茫茫。剪西窗，武陵人老，争觅归航？

少年游·送别

铁肩道义旧时荣，执手灞陵行。骊歌三遍，万般言语，总是故人情。

少年心事明如月，我辈岂俗庸？四海漂蓬，浩然烈焰，散作满天星。

满江红·集歌名致家驹

海阔天空，全是爱、光辉岁月。真自我，不可一世，二楼后座。谁伴你今朝闯荡？莫犹豫可否冲破。可知道、命运是我家，狂人血。

原谅我，冷雨夜。乐与怒，我风格。叹曾经拥有，战胜心魔。无语问苍天大地，年轻勇闯新世界。喜欢你、无悔这一生，歌千阙。

虞美人·诀别诗

国殇生死轻如叶，莫叹男儿血。依稀旧梦似春风，独自天涯杯酒悼残红。

人间悲恨常相继，何事空相忆。岸花剑戟作别诗，从此奈何桥畔刻相思。

凤凰台上忆吹箫

北雪飘零，纵横浊泪，忆昔戎马吴钩。万人丛中过，蓦然回首。飘渺娉婷画里，人不语、那时凝眸。觑明月，何堪在手，往事悠悠。

倚楼，倩谁煮酒，白发胜飞雪，欲说还休。玉臂青丝暖，香冷孤舟。犹记扫眉年少，娘子笑、为我梳头。哭与笑，平生寂寥，快剑封喉。

沁园春·探月

望舒神车，古往今来，沧海春江。念旧时月色，屈平曾问，太白歌舞，苏子思量。天下英雄，寻常儿女，今夜同此白玉光。千年梦，去蟾宫折桂，吟唱霓裳。

神舟腾起东方，看我华夏气势高扬。有流星未去，依依相绕，嫦娥不解，问讯吴刚。道是人间，路通天堑，可待明朝还故乡。银河畔，纵鹊桥难再，情聚两厢。

「试验三号」卫星成功飞天 满江红

浴火白龙，风乍起，刺天神锷。回首处，雷惊万里，九霄明灭。大漠几番黄沙滚，苍穹一点蓝田裂。倚长剑，振翅整银河，男儿血。

家与国，真如铁。多少事，凭鱼跃。念芸芸我辈，岂甘庸落。夙愿飞天华夏志，前缘星梦炎黄业。从今始，莫教老浮生，空悲切。

破阵子

大漠燃烧旭日，红旗漫卷苍穹。弱水胡杨秋烂漫，神箭星河月珑明。战歌一曲雄。

把酒且同天语，鬓白不减豪情。无限江山寻凤梦，莫问生前身后名。宏图谈笑中。

沁园春 酒泉基地五十年庆

弱水三千，大汉居延，额济纳情。念匈奴未灭，马革为家；东归英烈，塞外秋风。红柳依依，胡杨未老，大漠孤烟满画屏。飞天业，续神州凤愿，何惧峥嵘。

雄鹰气贯长虹，五十砺寒魂牵梦萦。数风流人物，今朝尤胜，丹心热血，酒泉威名。剑指重霄，狂歌痛饮，万里河山化巨龙。从头越，看穿云邀月，笑傲苍穹。

满江红
抗日战争胜利六十五周年

猎猎秋风，凭吊处，孤鸿明灭。回首望、国羞家恨，万千城阙。七十三年烽火起，六十五载风烟过。旌旗展、壮士啸长空，忠魂烈。

山河在，青史写。君莫问，英雄血。念一声召唤，汉唐关月。走狗贪生乞富贵，男儿百死酬家国。今又是、赤县盖乌云，涛声咽。

满江红
故国人民有所思

大漠胡杨，神州醉、古今明月。烽火起、电光烟动，箭飞龙跃。万世逍遥星海梦，六十二载风云过。英雄泪、玉宇慰忠魂，箫声咽。

江山好，国士烈。秋似染，旗如血。叹人间哀苦，为谁萧索。忍死须臾天下事，转身慷慨苍生业。东方红、一曲大同歌，民心切。

临江仙 贺《哈工大报》创刊五十五周年

一纸书香赢盛誉，传承青史强音。五十五载又逢春。镜中人已老，手里报恒新。

笔墨情怀工大事，常思家国沉吟。丁香冰雪写丹心。重读多感慨，肝胆著博文。

沁园春 纪念毛主席诞辰一百二十周年

千古英雄，武略文韬，不朽至尊。问苍茫大地，何来自由？心忧天下，谁定乾坤？别过乡关，橘子洲畔，星火燎原赤县魂。抽长剑，斩倭奴万里，卫我国民。

平生独有豪情，自侠骨柔肠忘已身。叹江山红遍，壮志未老，沧桑正道，点鬓霜新。同此寰宇，胸怀济世，涤荡人间丑恶尘。乌云破，看浩然旭日，光耀星辰。

忆江南

春风醉，故友寄新茶。一盏清茗书万卷，平生快意好年华。烟雨品杂花。

蝶恋花

杨柳春风千万缕。滚滚红尘，才子佳人语。一往情深深几许？水淹沧海星如雨。

长忆少时歌恋曲。不负成约，执手偕老句。流水年华春且去，一生一世一情侣。

一剪梅

水月芳菲尽吾家。倚望银河，一曲烟霞。人间有味是清欢，琴剑平生，锦瑟年华。

莫道功名富贵花，意属桃源，诗酒桑麻。红尘相伴两逍遥，相对白衣，痴看梨花。

满庭芳

吊影残魂，泪阑酒续，黯然别后伤情。恋花蝶舞，犹可伴今生。陌上芳菲正盛，琴箫寂、独我飘零。西窗烛，一夕夜雨，往事共谁听。

堪惊，空记醒，当年笑语，入梦辄停。叹相忘江湖，思念更更。人道尘缘有线，怪音信、不似风铃。凭栏久，多思无益，惆怅待新晴。

蝶恋花

杨柳情丝千万缕。莫问功名，执手桃源处。绿水桑竹花几许？梁间燕子双飞去。

笑看红尘悲与喜。对酒当歌，潇洒神仙侣。明月春风相解语，从来大道出心曲。

满庭芳·红月

雾锁流光，烛花不剪，几度相对端详。夜深如梦，谁为诉衷肠。长记平生快意，携手处、笑语斜阳。弦音寂，翩跹飞雪，红月映松窗。

未央，知己者，多情算我，一曲离觞。叹仿似归人，衣袂沾香。暑往寒来岁岁，风烟过、两鬓繁霜。琴声远，天涯旧恨，无觅少年狂。

元旦抒怀
好事近

信步舞红尘，天地荡怀飞雪。千古去留何处，静如霜晨月。

志闲心定笑龙吟，年华旧颜色。歌罢漫读周易，恰是新时节。

念奴娇·大宗师

去留无迹，看匆匆聚散，一轮孤月。念旧梦柔情似水，往事飘摇飞雪。尘锁笙箫，长刀入鞘，莫问江湖界。更声立尽，画楼烛影呜咽。

壮志天下兴亡，人间疾苦，武道求不惑。饮马狂歌沙场醉，最是少年侠客。唤起苍生，身名何惧，仙侣霞云灭。青山依旧，落花堪与谁说。

蝶恋花

莫羡鸳鸯恩爱久。非是多情，相遇惜相守。世上岂无花满袖，红尘仙侣还依旧！

迟暮围炉温老酒。风雨相携，贫贱年年有。但喜共君常左右，万人丛里勤执手！

汉宫春·回故园

游子归来，近也知情怯，不是他乡。旧时风物，驻足只顾端详。而今渐老，为功名，惯看风霜。思往事，青葱顽伴，爆竹声里欢肠。

长夜未央嬉笑，秉红烛守岁，飞雪梅香。桃符换了唱鼓，燕赵儿郎。天伦大乐，料今宵，未免清狂。留恋处，灯笼高挂，倩谁徵羽宫商。

踏莎行

芳草凄凄，幽花如梦，天涯望断愁绝胜。伤心旧事莫多情，江湖夜雨冷风送。

心有灵犀，身兼彩凤，乌骓不载相思重。奈何桥畔意中人，惊鸿照影千年痛。

沁园春·迟暮

飞雪飘摇，万里河山，换尽旧人。念天涯孤客，茫茫天地，诗箫浪子，踽踽风尘。剑指苍穹，江湖载酒，不负少年铁血心。流连处，看寒梅红萼，独立黄昏。

谁云黯然销魂？叹无限年光有限身。伴花开陌上，惊鸿何在？无言相忆，笑靥朱唇。霜鬓星星，狂生已老，流水月华又几春。英雄泪，挥五弦倩影，犹自沉吟。

山花子

两鬓星星凤梦残，孤单长夜月光寒。不问江山不问情，泪阑珊。

曾是鸿鹄凌志远，狂歌携手醉红颜。多少风云无限恨，已如烟。

水调歌头·献给祖国

百亿炎黄脉，万世中华龙。四千年二十朝，成败转头空。如此江山依旧，今日莺歌燕舞，莫忘近时倾。投笔赴国难，狮吼震天惊。

图救亡，英雄泪，济苍生。红旗高举，南湖舟逝血化萍。携手桃源欣苦，共话寰球凉热，大爱染风霆。笑颜庆甲子，壮志续豪情。

少年游

丁香似梦柳吹棉，无语对青天。斯人千里，归期莫问，自古见时难。

也拟哭笑图一醉，珍重病缠绵。一曲骊歌，蓦然回首，灯火已阑珊。

八声甘州

任寒风万里卷平原，北雪怅匆匆。夜灯摇独立，惜花顾影，低唱声声。惯看人间聚散，把酒对孤星。洒尽英雄泪，常忆听筝。

年少旧时月色，玉人梅边舞，一晌留情。念黄昏携手，软语笑盈盈。叹光阴、逝者空过，仗剑行、天下事难平。何曾料，梦别香殒，谁唤你侬。

忆王孙

天空海阔鸟飞疾，山色微茫云亦奇。

悲莫悲兮生别离。

人独立，风吹雨影落花溪。

六州歌头·留别

春风如醉，云水曳花枝。山湖艳，此情切，我心诗。忆当时，初入校园日，年华纵，矜豪用；凭笑泪，相与共，而今痴。将欲远行，挥手从兹去，往事依稀。盼得芳菲笑，桃李自成蹊。既许佳期，又依依。

再游轻苑，流年过，长相忆，事参差。倩谁问，曾记否？月湖思，玉山知。别后梧桐鹊，和烟雨，伴蝶飞；银杏月，樱花落，似当时。前度刘郎，故地多妩媚，怪我归迟。又登山临水，叹未变此心，旧梦可追。

生查子

春柳曳平原，游子他乡老。疏影杏花红，笛月歌清晓。

何处不相思，往事知多少。人道斩情丝，未见相思老。

醉太平

琼田万顷，梨花梦萦，燕南赵北离情，那堪闻雀声。

云滴彩虹，儿时月明，一夕旧话平生，故园浊酒浓。

摊破浣溪沙

旧梦飘忽陌上尘，依然清泪若失魂。满目伤楚情谁问，锁心门。

冷月孤星相对望，可怜都是眼中人。长夜北风只影树，忘此身。

时局抒怀

秋风猎猎战旗雄，壮志军歌彻碧空。
赤县河山美画卷，书生意气贯长虹。
惊雷激荡边关事，热血奔流故土情。
铁马戎装挥利剑，狼烟不起九州同。

松花江

积雪松江万籁轻，
蹁跹起舞唱歌声。
流光易逝松江水，
难舍平生过往情。

咏蜀道中

盘旋仙路雪云翔，
枯水寒山点嫩黄。
悲喜人间多少事，
无为无智有春光。

青城山

信步青城寻道长，
雨花雾霭两茫茫。
清风明月闲中趣，
云梦天心不思量。

玉溪生巴山归来别梦

别梦西窗锦瑟鸣，
溪花萤火落繁星。
红烛共剪亲香袖，
黄卷闲翻味苦茗。

往事

往事何如避？
风烟幻客心。
寒林独落雪，
浊酒对黄昏。

长相思

莫翻快酒入愁肠，
笑里依稀泪玉光。
无觅旧时花月色，
独行如鬼夜茫茫。

为兰锐题所摄桃花照

神州好景数早春，
天地氤氲物化醇。
潇洒平生行大道，
一枝清供醉心神。

雨中归途

水墨江山秀，
风行云海流。
扶摇天地外，
归去看清秋。

暮春

花落花开自在天，
莫教诗酒负流年。
英雄无觅阑珊处，
青史如灯照谁边。

暂别小满

莫叹人间多此情，
朝朝暮暮愿平生。
别离未必离别意，
挥手拜拜满笑容。

顽 石

顽石安苦陋，散木守不材。

寂寞一壶酒，春风明月来。

红 莲

红莲流曲水，白鸟过青天。

来去如无意，扁舟抱五弦。

云 腴

云腴知御史，儵鱼解漆园。

天趣何如道，山花不语禅。

春 风

春风伴舞雩，流月照芙蕖。

相对应如是，随心了太虚。

水 墨

水墨青花韵，一滴化雨烟。

落红飘渺散，万古瞬息间。

风 花

风花开险岫，木叶落红尘。

恋恋孤帆梦，悠悠水月心。

五言绝句十二首

古　井

古井苍苔碧，春风水木鲜。

人间多少事，谁与味清欢。

蓁　首

蓁首明眸醉，弹琴看玉箫。

拈花倚古木，踏月过溪桥。

幽　谷

幽谷植飞瀑，茅屋挂玉钩。

花香流满径，野鹤动渔舟。

晨　露

晨露滴红萼，夕岚逸道心。

荷樵听水影，明月照梵音。

山　寺

山寺飘红叶，秋江待客来。

碧霄鸿雁去，墙角野菊开。

渔　父

无意逐流水，悠然海鸟亲。

闲云来又去，明月爱天心。

明月诗五首

长忆惊鸿花照水，春风明月正当时。
相思相念惜相见，但慰平生莫笑痴。

只道清扬可忘怀，题诗红叶复徘徊。
一壶浊酒相思去，明月飞花入梦来。

玉颜楚楚绾青丝，红袖瑶琴鬓影痴。
笑靥蹁跹何处觅，灞桥明月惹相思。

落拓残生几片香，谁人浅唱共清狂。
一轮明月堂堂去，莫教天涯醉梦乡。

驻马沧海看横流，飞雪红尘几度秋。
浪迹天涯独皓月，玉轮何事照离愁。

北国之春七绝六首

年年新柳染江风，枯草翻芽步履轻。
两岸纸鸢迎耄蔻，一时春色舞冰城。

寒地草花知尽力，光阴乍暖爆生息。
人生何似远行客，未免匆匆恨不及。

寻寻觅觅东风起，浅浅深深爱早春。
窗案闲茗闻雀喜，一枝清供醉心魂。

飞雪蹁跹化雨烟，有情天地动人间。
春光明媚芳菲意，相伴相惜北国天。

蓝天澄澈水云藏，细雨如织柳杏香。
月色晨间闲信步，人生莫负好春光。

逍遥侠骨自留香，醉月拈花我辈狂。
华发如新人未老，风烟明媚是春光。

天地精神合我意，梦觉飞雪又一春。
不珍不弃人间事，萧散红尘莫顾身。

爱恨是非空幻境，一朝梦醒唤东风。
荒寒不避真青主，扯下苍穹万物生。

流水青天云逸兴，花开陌上看多情。
肝胆万里犹相照，明月如亲伴我行。

独立繁花夜色香，谁人把酒共清狂。
晚风来去愁如发，情到无依最断肠。

莲动渔舟草木鲜，高山流水燕呢喃。
功名利禄随波去，明月闲云伴我酣。

侠骨柔肠入世仙，情怀大义道心专。
平生意气游侠梦，不负人间四月天。

春江如醉月徘徊，人面桃花笑靥开。
飞絮画船吹鬓影，明眸灯火燕归来。

春天本事诗七首

秋思五首

红橙黄绿青蓝紫，意满人间便是秋。
但教平生识绚烂，不辞寒月梦魂休。

江山如画秋如染，碧水蓝天白鸟旋。
一世知交相眷顾，两情长久好人间。

滨海听潮笑语盈，红颜黄叶旧时情。
乾坤入画翩跹至，谁念秋风各自行。

金风玉露月如帆，抱被凝眸伴雨眠。
梦里不知身作骨，犹开笑靥为郎甜。

我爱秋朝胜百花，湖光山色画云霞。
晴空万里鸿鹄志，携手天涯处处家。

无限江山有限身，安贫乐道醉红尘。
谁人不似远行客？天趣清香入梦魂。

天涯流落又一年，明月他乡是故园。
落木新芽能几许？浮生易逝莫等闲。

青丝飞雪人间事，诗酒寻梅舞道音。
岁月倏忽天地旧，春朝来去梦长新。

英雄无觅少年狂，情义如昔鬓染霜。
刀剑龙吟烟雨散，独行落雪看苍茫。

旧时月色最伤神，梦里花香欲断魂。
惯看古今多少事，华年过处是新春。

元旦抒怀五首

偏爱扬州七绝四首

瘦西湖

一条秀水名曰瘦，两岸繁花唤作幽。

但慰平生真自我，不辞殷切梦扬州。

何　园

当年骑鹤翩跹过，千载诗书念未休。

片片山石邀古韵，一泓明月住扬州。

个　园

修竹个个生佳处，四季山石恋故都。

不止扬州三月景，春风十里好读书。

大明寺

盛唐气象绝千古，六渡扶桑济众眸。

禅意佛心明日月，东瀛从此拜扬州。

太极拳

天地入怀气浩然，我生求静若青山。

逆来顺往人间事，不信春光去不还。

拳道从来最自然，身心柔顺意行先。

因敌变化无双重，相济阴阳总贯穿。

悟道诗

千锤百炼独门艺，万化由心天地开。

自古圣贤成大道，功夫皆是苦中来。

人生如梦客如囚，无限光阴几度秋？

万水千山皆不是，道心只在悟中求。

古风

龙马别桑梓，男儿出燕赵。

天地英雄多，世间知已少。

千秋侠骨香，今生柔肠绕。

形单莫相念，人去徒寂寥。

江湖归白发，意气流浩渺。

浊酒弄扁舟，清风过芳草。

诗剑惊红颜，芙蕖开正好。

道心觑明月，锦瑟静飞鸟。

曲罢悄无言，余音独袅袅。

孰与文君才？拈花自微笑。

既知此琴情，难免据实告：

"我生君未生，君生我已老。

韶华如朝阳，残年似夕照。

槁木兼死灰，恨不相识早。"

鬓影衣袂飘，蜷蟒娥眉恼：

"君生我亦生，但为伴君老。

休将唱黄鸡，永驻青山貌。

岂敢决绝语？河汉尚有桥。"

中国是诗的国度。在无数灿烂瑰丽的篇章中，我尤其喜欢塑造的那些卓尔不群的女子形象——她们不是含羞半敛眉的大家闺秀，也不是没头没脑的女汉子，她们是一个个情之所钟、敢爱敢恨的奇女子。这首古风也想写这样一个鲜活的人物形象，并打算有朝一日完成这个武侠故事。

花飞雪，弄弦闻鹈鴂。

人对月，形影都凄切。

望西窗，算时节，流水孤鸿自明灭。

空叹嗟，忆昔心千结。

白马客，春鬓舞清歌。

诗如昨，天地俱澄澈。

儿女意，情未舍，塞外狼烟起萧瑟。

问长夜，不忍成永决。

天下事，英雄业，血染江山音尘绝。

念同游，泪难歇，箫剑轻舟梦几何。

醉易醒，风摇曳，尤恨当年未亲别。

人去也，倾心恨后觉。

人去也，此生空悲切。

**倾
心**

得一人真心，愿今生，侠侣共萍踪。
看江山如画，醉春红，携手月明中。
韶光难驻何足惧，与子偕老是多情。
秋烂漫，笑对残荷听雨声。

任一世逍遥，舞清风，悲喜与君同。
叹英雄旧事，太匆匆，过眼总成空。
江湖远去凭谁问，云在青天水淙淙。
儿女意，纵使天涯有归程。

生年不满百，尘世且徐行，
渔歌渐悄兰舟隐，弄秦筝。
花前鸾凤伴，杯酒身后名。
西窗画眉泼茶趣，语卿卿。

青丝染白雪，相顾无限情。
桐花暗香拂衣满，忆相逢。
夕阳美似梦，飞絮点点星。
凝眸落霞双栖燕，吹鬓影。

执手偕老

画船拂杨柳，烟雨醉晚荷。

依稀佳人笑，惊鸿映春波。

红尘多少事，谁为唱骊歌？

休相忆，光阴何曾梦觉，漂泊。

衣袂飘飘，鬓影舞婆娑。

颜如玉，满眼风与月。

天涯又重逢，陌上花开如昨。

乱世江湖，匆匆过客。

桃花栖飞燕，木兰出秀阁。

雷霆剑器动，飘忽若羲和。

少年江南过，游侠逸兴多。

莫论道，暗香残烛明灭，难舍。

无关风月

箫剑游龙，蛾眉开笑靥。

颜如玉，满眼风与月。

执手又诀别，一曲新词呜咽。

天下兴亡，万里山河。

儿女意，相顾无言，莫失莫忘。

心怀苍生念，西北望，国有疆。

叹情为何物，人断肠。

江南烟雨，边关暮雪苍茫。

英雄泪，聚散依依，今生痴狂。

钟情如我辈，战沙场，死何妨。

长刀跃白马，侠骨香。

江南烟雨，边关暮雪苍茫。

流光心曲

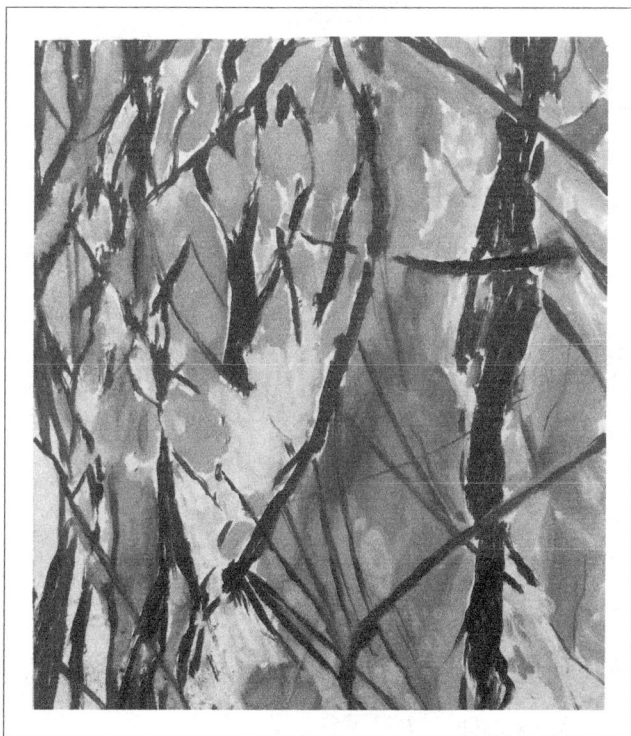

玛丽·拉维
法国著名画家

飞翔鸟

我的翅膀

断了

眼

却依然

望着天空

人

小时候

人

是木偶人

长大了

人

又成为

操纵木偶的人

信仰

火车在秋天午后的平原驶过
光影变幻着五彩斑斓的世界
窗外飞鸟藏身于田野和村庄
失去与拥有中岁月一路颠簸

我将面对

我的眼眶里噙着泪，我使劲睁大眼睛
不让一滴流下来，即使这世界使我受了太多的罪
有一处地方若隐若现忽近忽远，那是我的理想
为它我曾饱尝人世间的一切哀苦却永不言悔
我不知道在我有生之年能否到达那一处地方
可我仍要前行，不管前方有什么，我将面对

蜗牛的悲剧

一心想随时感受
家的温暖
有的却只是一间
单人公寓

躺在青草地上

我躺在青草地上
看到的天空苍白深邃
我的视线在苍白深邃的天空
变得如同梦幻般迷乱

我不知道，在我视线所能到达的地方
那个星球，是否有一个男孩有同样的目光
看到的天空苍白深邃
他的神情忧郁，内心彷徨……

云

没有方向的自由
注定也是
毫无意义的漂泊

青春

风中的素莲凋谢了
星星还在浅蓝色的天空闪烁
夏天的眼睛饱含泪水
青春是雾一样的谜

梦总是孤孤单单的
他连水中的倒影也没有
夜空中短暂的烟火
刹那间仿佛时光已倒流

我们在现实的影里迷惘挣扎沉沦

看得到白云花草和溪流却看不到青春

在我耳边轻声絮语的有谁幽幽的叹息

温暖我的是带有你的颜色的柔顺的黄昏

生活的彩陶里爱情是透明的小鱼

逝去日子也许早已在忘川中潜沉

暴露的世界表层却是繁华和新奇

教我们在探索中改变危险里欣喜

有一个短暂的真理是我们正年轻

我们需要创造的勇气而非紊乱的哭泣

把黑暗中沉睡的原始力量全部唤醒

让成熟的阳光照彻肆无忌惮的冷风

任务

我坐在一个还是冬天的教室里

拿出一张白纸叠了一个纸飞机

站在隔成了两个世界的窗子前

我望着外面绿杨和飞鸟的春天

落絮是飞扬而不张扬的情感

呢喃是斜风中双飞燕的召唤

那带着新鲜的泥土气息的是

茸啊茸的细草梨花这时也应最明艳

我禁不住地伸手向外面招了又招

然后奋力地放飞了手中的纸飞机

纸飞机舒展的在碧天里打着旋儿飘

啊那是我自己在如此的贴近春意

纸飞机

在初春的阳光里写诗

期待每一个花开的日子

掬一捧活泼的泉水

在鹅黄嫩绿的田野飞驰

想要幸福地奔跑

像流星划过天际

像飞鸟掠过树梢

但凡思想的羽翼所能到达的

我都要自由地拥抱

如果过去的生命已经腐朽

我就让它在春天彻底燃烧

如果未来需要足够的付出

我宁愿在恰当的时刻死掉

奔向未来

我不是神的孩子

我是恶魔

一个无所谓的名词

一个伤痛的灵魂

消失在你的世界是

放弃一种存在

伸开双臂

融进寂寞的黑暗

把心燃烧成月亮

照亮所有孤独的影子

我已经为自己

掘好了最美的坟墓

今夜有暴风雨

我将独自上路

走向癫狂

凄美的绝望

今夜有暴风雨

一个渐渐陌生的我

每天习惯性地扮演

越来越熟悉的自己

踏着校园的小路

突然发现叶子上的秋天

时光流逝的痕迹——

我已不是当初的那个少年

寻找着一个天真的奇迹

不知道当时喧嚣的心情

是否为了今日落寞的叹息

我用秋天的眼睛黄昏的色彩

思考云和水的问题

可我知道

在百花凋谢的日子里

我曾经飞翔的灵魂还是无处皈依

她独自载着悲痛默默的默默的

朝向没有方向的痛苦飞去

日复一日 年复一年

那时候我将同衰老相遇

在梵乐般宁静的麻木中

一把老泪润湿了干涸的回忆……

这是一个没有方向的时代

自由尚未成年

我们各自画地为牢

或是坐井观天

大多数都在沉默

少数人夸夸而谈

对于他人的需求总是

麻木太多少了敏感

那时我们曾拼死寻觅

而今理想已渐行渐远

有人得到荣誉的影子

还要故做典雅和冲淡

谁听到自然哭泣的声音

又有谁在真切关心那边

船儿在寻找起航的舵手

语言在探求诗歌的家园

蝙蝠

我是一只凌空飞舞的蝙蝠

在四月的黄昏编织着孤独

我融不进这一片陌生的春天

不知道是我不属于这个世界

还是我遗失在我原来的世界

幽冷的月光照得我清醒且空寂

我在落寞中飞舞又在飞舞中落寞

我把我的春天丢了，我还丢了什么？

满天的星星眨着狡黠的眼睛

我感觉到很久远时，我也是它们中的一个

在湖面上我照一照自己的影子

能看清的果然已不是记忆中的我

纵然我能飞得过大海冲得破天空

我也不敢保证我能飞出思想的樊笼

我是一个被逐的天使

我是拥有青春和智慧的神

现在看来

我所有的能力都成了我还原的阻力

我被一个悖论囚禁

我的飞舞是圆滑的曲线

我的惩罚是无休止的轮回

我的灵魂在摸索中试探

而在这纷繁骤变的春天

我仍找不到我的四月

我逃不出这被诅咒的黄昏

有赠

连绵的青山要连绵向何处
无尽的苍穹像遗忘一样遥远
那崎岖蜿蜒的山路
凝固了我若有所思的双眼
阳光则把所有的色彩还原
是谁还在梦中移动着影子
沉重的步履如死亡一般艰难
这陌生华丽的城市
盛开了我如痴如醉的孤独

颜色燃烧成晚霞

春天把冬天融化

光阴是我们的未来

青春把历史融化

你在苹果树下唱歌

我为你画一副肖像画

你在柳树下翩翩起舞

我送你一支洁白的梨花

月亮静静照着溪水

季候好像旋转木马

轻轻拉起你的小手

我们只活在当下

光阴

将雨的午后

午后的太阳突然间没有了力量

像绝望这个不速之客光临了思想

梦一般苍白凄美的天空

努力挤出一丝苦涩尴尬的笑容

那些慵散无知睡思昏沉的树

在全副武装的疾风中惊惧地张大眼睛

从头到脚战栗着阵阵惶恐

迷途的鸟儿独自品味着如痴如醉的孤独

穿梭于茫茫的天际　飞舞便是永恒

杂草丛里天真的鸣虫中了巫术似的发疯

唱着爱的流年、动情的幻灭、痛苦的歌声

而幢幢的层楼却仍在沉沉而睡

一如世人那无神的眼睛　麻木的心灵

苍蝇

我是苍蝇，世间最美丽的动物

虽然你像厌恶肮脏一样厌恶我的名姓

说我扰乱了你的生活传播了疾病

我只会嗡嗡嗡不能叫出悦耳的歌声

我是苍蝇，世间最孤独的动物

飞舞在开满灿烂鲜花的田野湖畔

我吃虫子同时也被另一些虫子捕食

垃圾腐鼠，我和我的同类在你的视野里纷纷

"龌龊"的行径却无龌龊的灵魂

我停下来搓一搓腿儿，擦擦模糊了的眼睛

并不奢望这世间还会有爱我的人

困兽

伴着夜花的隐隐的幽香

带着青春无限的迷惘

寻觅在原始丛林中

我是一头银白色的猛兽

越过险峻的山涧

我急驰向紫色的电一样

扑向无耻的毒蛇

我凶狠像红色的火一样

细嗅美丽的百合

我温柔像绿色的风一样

我曾惊异于如梦的林雾

才决心找出心中真正的方向

我来到没照过影子的小溪旁

蓝色的溪流载满天真的幻想

我在灰色的崖边怅然孤啸

抬起头来久久正视满月的光芒

不知为什么竟流了泪——

每一滴金黄色的泪珠都像极了

那天上金黄色的月亮……

不是告别雪国冬天那北风的呜咽
也不是告别虚无缥缈的诗人情怀
告别是同从前的自己无情地决裂
我不再去轻信明天盲从什么未来

当岁月迷失了曾经的你曾经的我
当我的诗歌没了阳光鲜花和大海
当动情的热泪不再像你那么圣洁
我不需要未来审判我的欢乐悲哀

谁在时光的花开花落中渐渐成长
谁在人生的梦幻泡影里笑对死亡
请告诉天空中每一颗耀眼的星星
我跟他们一样永恒不需要墓志铭

悄悄地在彼此的生命里相遇相爱
快乐一如向晚的风自由好似尘埃
哪怕苦难与烦恼像季节去了又来
你和我依然渴求生活倾心于现在

告别——献给曾经的我现在的你

一

天空凝望新绿

我们的世界

充满生命的回忆

拥有美丽的名字

混合着水的气息

生

活

在最恰当的时候醒来

用我们的嗅觉触摸

古老青春绽放的花海

一次又一次

谁在昨日的岁月

借着笙歌弦语

把谜面诉说

却不告诉我谜底

……

二

不是经典的传奇

也不是诡异的游戏

当开始的时候

我们谁也没有听到："预备，开始"

有过真心的欢笑

洒过动情的热泪

迷人的爱情美丽的苦难

一切过去了的我都无悔

不必为她画一副肖像

生活到底是什么

即使你说你知道了

也不必来告诉我

一只垂死的鸟儿如何告别飞翔

不要冰冷的感觉我要温暖

静静等待一个人的回答

仿佛等待一场宿命的审判

仿佛等待一场绚烂的烟花

野菊花也在季节中凋零了

玻璃窗外哈尔滨的天空里

融尽雪花的是雨水还是泪水

你也撑着一把伞

我也撑着一把伞

彼此看不到对方的脸

不能讲出来的成为永恒的沉默

不得不去应和的也是在左顾而言他

一只垂死的鸟儿如何告别飞翔

如何停止对苍穹的依恋　了无牵挂

道

一

透明的芦花

蓝色的月亮

一阴一阳之谓道

道是变化着的不变

你没有发现我

我把自己藏了起来

藏在了

为你编织的诗歌世界

二

一阴一阳

唯心唯物

道在其中

道在其外

远山笼罩着晨雾

内心洒下了明悟

三

一来一往就是修行

一啄一饮即为人生

问

佛

人死之后究竟去了哪里
带着无限眷恋和深深爱意
倘若佛陀足够悲悯仁慈
为何还让我在轮回中忘记

今生以前不能到此延续
那与迷失生命又相差几许
来世多么美好我不稀罕
别人的故事终究不是自己

庄

子

天地有大美而不言
恍若永远清澈的双眼
倒映着幻化如真的世界
江山即我，我亦江山

心神周游六合内外
秋水时至不见牧马少年
万物流转从来自在逍遥
至情至性，只是本然

不同的不同在何处
开始的开始在哪里

我站在虚无之中眺望
触摸到了梦与醒的边缘

时间是一切的自我属性
时间是有来无往的空间

时间是最大的自由
时间是最后的束缚
时间是最多的拥有
时间是最终的失去

问

道

让那山间的小溪只管流淌
任它雾里的百花凋零开放

时间是变与不变
时间是道的容器
时间藏在因果之后
时间横亘生死之间

杀死时间杀死生死
静止时间了却因果
道是时间的容器
变与不变何时由我

水

亦动亦静，有无相生。
至柔至刚，松沉空灵。

去实就虚，顺高谦下。
吞吐开合，舍己善化。

从心所欲，随意成形。
太上忘情，大道不争。

平和自然

时间是静止的
人类是流动的
思想在梦与醒之间徘徊

穿越欲望的枷锁
只需要一道清明的光
纯粹而又坚定

不要给行为贴上标签
天空和大地将永无宁日
我们所知道的
都是我们不知道的
何必再自说自话
若想讲出什么是道
那就请先化身成道

生生不息

我眼中的世界你们看不见
枯萎里别有一番生意盎然
寂静的深夜聆听残荷雨声
如诗的清晨拥抱阳光云天

《山经》故事

上古太过悠久
能否把诸神的容颜记住
没有了他们世界多寂寥
珍奇草木异兽祭祀和巫

英雄在大自然中繁衍生息
那些瑰丽的春秋不计其数
梦幻般从洪荒时代走来
万物有灵，需要精心呵护

我们是平原的孩子
也是山川一样的民族
飞扬的图腾，诗意的自由
回首望向青天的深处
胸中豪情万丈
文明一如层云，跌宕起伏

太阳和月亮都悄无声息
鱲鱼与莲花也全无踪迹
溪流徘徊满眼层峦叠嶂
萦绕蒸腾思绪如梦似雾

明

悟

善恶来复去，去又来
谁正以天地之心看己心
生命在执著后找出道路
迷惘于清境中盛开明悟

仿佛清清幽幽的月光洒落心底
繁花如雾凝聚成了美丽的孤独
亲爱的朋友幸福早已悄然绽放
尽管我们的世界里有太多苦楚

逍遥一生我情愿化作泪水涟涟
红尘就是彼此难解难分的牵绊
当阳光温暖生命的每一个角落
我会在你的梦中轻轻说声再见

晴雪·赠瓜娃子

竹

人生总有困顿和无奈
需要梦想暂时蛰伏忍耐
潜龙勿用，将以有为
迎着冷眼嘲笑初衷不改

在寂寥荒芜中完成自我
顶天立地不做媚世之态
心之所向，意之所往
我才是自己命运的主宰

超越

不知不觉渐渐变老
或许心已悄然死掉
放下爱和憎的执著
摒除生与死的计较

荡尽风烟独存本真
青山依旧顾我枯槁
道法自然玄通撄宁
生命尊严妙悟寂寥

秋色点燃的时候

我正在巡视天下

粮食和光阴都已成熟

大地继续孕育神话

一言难尽，现实世界

不断勾勒虚拟灵魂

变与不变的重逢

仿佛若隐若现的星辰

明镜里伸手不见五指

人世间的秘密就在眼前

我并没有道破真相

只待白雪召唤万水千山

等待

无憾

每个人生命里都有
一段属于自己的美好时光
只是单纯地属于自己
却也如同云霞一样
映红了那船舰待发的海港

不去为了鲜花和掌声
不去为了快活与逍遥
普天之下
总有一些色彩斑斓的梦想
而你的梦想就是成全梦想

没有私心的人才能完成自己
把一件事做向极致谓之传奇
春风化雨彩虹初现芳草萋萋
美也不过是无目的的合目的

归心

向远处的水墨青山招招手
把心情交给这一路的秋色

自得

从来不知道怨天尤人
只在阳光下携手快乐
月色里啄木鸟飞过来
你的天空温柔而华美

从超越轮回之处相逢
和岁月一起逍遥自得
你的眼睛笑得弯弯的
幸福像梦开出了花朵

镜子

再怎么风光
也是看别人的脸色

得失

雪花纷飞如同衣袂蹁跹
月光亲吻谁冷香的容颜
我的心在梦里醒来了
却听不清命运透明的预言

我们负载欲望麻木行走
如同进退由人的一只绵羊
直到忘记了缘何忍耐
也失去了作为星辰的光芒

风月无心 ○

全世界到你这里是终点

早晨中午和傍晚

我爱生命中的每一天

银杏树的叶子

星光的颜色以及空气的新鲜

每一天有你在身边

我还是会那么留恋

说不出有多喜欢你

反正除了你

我不会为别人改变

总想牵着你的手

穿过美丽的银杏林

漫步星光下的海边

太多的话多得说不完

听着同一支歌曲

我们背靠着背望着天

连星星都睡着了

不再感伤失落时候的孤单

不再恐惧青春只有一瞬间

因为你，我听出情歌的感觉

因为你，我给了生活以笑脸

害怕没人比我对你好

我愿意

花最长的时间留在你身边

挽手的幸福感觉

如果可以的话

我希望是永远

对我来说

全世界到你这里是终点

你的长发

你的长发不是为我而留

你的眼泪不是为我而流

你因我而生的伤悲

即使有也不会长久

可我是喜欢你的

我在清晨的海岸边醒来的时候

你却于地平线消失

握不住你如同握不住水

我流浪着我的灵魂

如雾起时一样朝你的方向挥手

蓝色的光像蝴蝶

吻着天空的形状和颜色

在阴郁的海上哀伤地明灭

梦魇缠绕着

好似隧道没有尽头

风甚至不让声音的痕迹停留

我却不至于绝望

即使最神秘的黑暗向我降临

白色的花香仍是盈满我的衣袖

我还是喜欢你的

我的爱像秋叶在晴天旋转

沉湎于你一如醉酒

西风是你的残酷

我只把伤痛轻嗅

我不说出口

我终是喜欢你的

我想你时的明眸是两眼泉

没有什么怨言就让你走

星星满天很乱月亮缄默着

可它们很亮就已经足够

月色，桃花，疏影，微风春鬓情

温柔的笛声吹给你的耳朵听，也吹给你的青春听

天上的星星和星星在彼此倾诉衷肠

姑娘，要如何我才能到你身旁

你看美丽的天使在星空下飞翔，她轻轻地拍着翅膀

看你宁静的风姿，好似寒梅在冬雪中绽放

她已在我的梦里飘香

姑娘，要如何我才能到你身旁

你听迷人的歌声在夜色里飘荡，她慢慢地向你流淌

看我惆怅的心灵，好似柳絮在碧空中飞扬

他没有个停留的地方

姑娘，要如何我才能到你身旁

要如何我才能到你身旁

早春三月

浅浅的草隐隐地绿

在早春的三月

阳光温柔的三月

你是我活泼泼的世界

一泓明媚的泉水

珍珠般的眼泪

我穿梭在幻境

你的长发像雾

你的容颜我记不清楚

选择

我无法在落英缤纷的雪夜

在这寂静飞扬的时刻相思

街灯昏黄，一如星空清澈

人至暮年，不觉恍若隔世

遥想漫天飞舞的红尘往事

我心中响起悲欣交集的歌

生命轮回，一次就是永恒

青春归来，谁在为谁选择

紫霞

鸦背驮走了斜阳

青藤爬进了黄昏

在你必经的小巷

我抱着一把木吉他，微风中

为你将一曲古老的歌谣唱响

我祈求，你能够听见看见

有个人在向你倾诉衷肠

梦一般地她飘向我身旁

一如那紫色的烟霞，飞扬

我渴望她满带笑意的双眸

我的生命在涌动，喜悦无法计量

可她却假装什么也没看见

梦一般地她飘过我身旁

一如那紫色的烟霞，飞扬

我伸手要留住她的倩影

抓到的却是满把的失望

我的心随她渐渐远去

仿佛歌声星光下轻轻飘荡

星月隐去了他们的光芒，几只

燕雀倏忽地翻着白浪，细雨

好似要来抚慰我天真的创伤

我一个人走在夜色里，走在孤寂里

惆怅……

一

阳光、大海、鲜花与诗

以及所有一切

温暖的名词

幸福时刻

我们如同秋天的色彩般快乐

你的吻是清晨的果物

在夏天的田野

新鲜而甜美

情诗

我所能触及的

不仅仅是季风和云朵

你葡萄般柔嫩的肌肤

葡萄藤般将我缠绕

你的眼睛的深处

有黑暗和光明在燃烧

我们的心灵相依，缓缓飞翔

由地面穿过低空，直到天上

然而却没有因此而停歇

时空中仍然弥漫着你的歌声

群星的主人，月亮上的天鹅

二

纵然季节已经消失在我眼里

你的笑容却不曾离我远去

仿佛夜晚宁静而又明亮的繁星

你的爱情让风物都有了记忆

尝一尝春草上甘露的味道

是否还带有黎明前的苦涩煎熬

那是我爱你之时的心情

你的倩影是花雨中的蝴蝶

从我的窗口翩然飞过

如同烟云　像是梦境

温暖而又潮湿的嘴唇

你是太阳和雪的疯狂的青春

美丽的月光已经苏醒

我是爱神年轻的虔诚的诗人

在靠近大海的村庄

愿意和你死去在干净的黄昏

三

你给的幸福仿佛童年时候的天空

流水的月光里绽放火焰般的美梦

谁在葡萄藤架下轻弹着一曲吉他

掩饰不住的快乐一如无处不在的风

野草花在田野开成了激情的海洋

我们的爱的悖论允许自由地徜徉

所有的云都在跳着舒缓的舞蹈

像极了你的温婉柔顺的腰身

你的黑雾一样的眼睛露出微笑

传递出令人意想不到的灵魂

我的生命里的丰盈的宝藏

是每次见你之时的惊喜

别后的思绪

那是一泓溪水

幽幽地涤荡着我干涸的心房

那是几许烈酒

霸道地为我驱走岁月的风霜

月光下的飞花

月光下的飞花仿佛飘雨的流星
我抚摩着你的秀发，注视着你苹果花般的面容
我的爱人啊
你的长长的黑睫毛在微微地颤动

那一年我喊着你的名字
在你最美的时候我们相遇
你的露珠一样新鲜的眼睛
教我在晨雾中彻底迷失自己
……

初夏已经吹起了凉爽的海风
夜色美得令人担心是否是梦中
我的爱人啊
你所能够给予我的爱情
远非诗句的言语可以说明

一把动情的热泪

是对如烟往事的难以忘怀

沉默的榕树 变幻的云天

我于此时真正拥有了孤独

我们的目光第一次相遇

便是第一次为黑色和白色着迷

涓涓的小溪 浣花的小溪

春天里植物一样的言语

有时候时间就不是了时间

它只是一只不准确的时钟

我们影子在靠近 在重叠

天空和大地却写满了忧伤的别离

匆匆 天上匆匆的飞鸟 地下匆匆的行人

想要问一问你们是在躲避 还是在寻找

是躲避 黑夜不可能把白天放过

是寻找 遗失了的是否还能找到

过往的风

我记不起曾经

像是在沙漠里飞的蝴蝶

泪在风中

如同飘洒的蒲公英

太阳下的传说

初生的小野兽一样纯洁

葱绿的青春

转眼间就已快沉默

愿今生你遇到最好的人

这样我们就可以彼此忘却

但你的嘴唇微微颤动

除了我谁也不懂……

我记不起曾经……

想送一样东西给今天的你

竟找不到什么比你已拥有的更适合

想要约你去看山间的满月

却发现整个季节都在呼唤你的名字

离逝的风不曾带走你给的欢乐

就连那只南飞的鸟也在庆幸与你相识过

真令人羡慕啊　你多么幸运

二十岁的年青的肢体是载满迷惑的船

二十岁的清澈的眼眸是刚刚扬起的帆

在生活的海洋里只朝爱、自由与美靠岸

有赠

幸福降临的时候莫要惊慌闪躲

请在蓝天下微笑着伸出双手来接

难过的时候记得千万要心平气和

只像一泓溪水静静地流向湖泊

如果无法拥有一朵浪花一盏流星

就让它们盛开在记忆最深处永远不灭

一切都如云烟　一切都会过去

当人人都争夺时放手才是真正的洒脱

琴声响起在原野

好像美盛开在天涯

雨滴飘起来了

世界真的很小

思念播下奇怪的种子

你想要保持缄默

她已在风中大声歌唱

生命的手势

有些青草的味道

有
赠

一束阳光就可以唤醒神秘

天下没有说不穿的哲理

星光是心灵跳动的火焰

蓝色的井水装满青春回忆

我写出关于爱情的诗句

太长的孤单疲倦我不畏惧

黄昏，幻化成蝴蝶

朝向珍珠的光泽悠然飞去

你的眼睛并不遥远

虽然有时欢笑有时沉默不语

花开之处便有你的名字

一如月亮在窗外高高挂起

一

在苦闷产下的忧郁的年代里

我不和你说话——你是天边的晚霞

你质实而又缥缈的形象寻觅

比现实更真的梦有心无心的牵挂

我曾看见了你从未有过的感伤

彷徨，却也只是我丰富的猜想

未必不会被遗忘的紧闭的寂寞

暂时和永恒之间容不下苦痛的你我

二

无声的该是我们不着色的青春

所谓的成长只是一个虚伪的真理

你期待着一个飞扬着甜蜜的惊喜

听到可知与不可知的宿命的言语

很轻易的，会为一个梦去沉迷

也曾幻想用执著的爱来创造奇迹

可当我们无言相对静默之时

能否彼此听到对方灵魂的呼吸

诗三首

三

你我相逢在一个古老的童话里

所有的即时都成为永恒的美丽

不要说话，让我看着你的眼睛

你的星星般的眼睛里有我们的爱情

可在季节变换的微妙秩序里

感性是否经得起理性的分析

没有颜色的黑暗是最可怕的

童话最难讲的始终还是结局

病房外的夏天让知了叫个不停
我知道你守在床边怕把我惊醒
窗外核桃树上有只喜鹊飞过来
云朵像船漂在湛蓝如海的天空

分别的时候你喜欢一起倒着走
说这样彼此看到的就不是背影
约好最美的礼物是我们的书信
可你写的句子总是笨拙又任性

你弹奏一曲手风琴我静静地听
为何你心里总有那么多不确定
有你的城市让我觉得那么温馨
你却说流星再美丽也只是个梦

这未必不是爱情

没有开始就结束的不只是生命
我们还什么都没有来得及约定
走着同样的路线再也找不到你
像你一样我的泪水只对着海风

许多年以前的歌声我们正年青
记忆中的话剧是你傻笑的场景
真想让一切对错都变得很透明
像你那样坐在影院里不看电影
倘若真的可以我要亲口告诉你
——这未必不是爱情

假如我有五次生命

假如我有五次生命

那我就可以

在需要时

为我的亲人死一次

为我的朋友死一次

为我的心上人死一次

为正义的事业死一次

剩下最后一次生命

我不会为我自己而死

我要好好地活着

谈论阳光大海鲜花与诗

为我的亲人、朋友

我的心上人

我所推崇的正义事业

好好地活着

或者死

星空

此刻你有没有在遥望星空
风像是天鹅飞过的翅膀
流水的月光把青春唤醒
露珠又在叶子上汇成美梦

何时再去看浅蓝色的星空
我牵着你的手就是幸福
其实关于爱我曾经不懂
但如今我知道什么是真情

我把爱你的言语告诉星星
你是我美丽圣洁的天使
此刻你若是在遥望星空
就能认出那双思念的眼睛

七行诗 非情诗

看穿了你的虚荣

习惯了你的任性

没有别的人像我一样了解你

真正懂得欣赏你的美丽

在这个如此沉重的陌生世界上

只有我们两人的灵魂靠近

靠近又相依

七行诗 有赠

我有一首歌要唱给你听

星光清澈，岁月从容

生命里没有多余的事情

花开花落潇潇洒洒

人世间我走走停停

谈兴浓时手舞足蹈

瞌睡了就闭上眼睛

你无法想象爱情
七行诗

你无法想象爱情

你只能偶遇爱情

遇见那个会魔法的人

一如锁在街角的单车

期待再次出发去看风景

就像暂时沉睡的季节

等候甜蜜的风将她唤醒

泰姬陵
七行诗

日光下尘世所有的热切与喧嚣

月色里人间无边的忧伤和静谧

我把思念的琴弦拨了千遍万遍

你鲜花绽放的笑容始终未曾远离

我却无法再次牵起你柔软的手指

我的爱人，一起安眠在美和永恒之中吧

继续你我不必言说的爱，不离不弃的情

信
纸

我是一张信纸

把所有的忧愁都盛载在心里

展得开的是言语

展不开的是心情

你能阅读我表层的故事

却不能觉察我隐藏的心事

像太阳一样明亮的泪滴

如风一般倏忽的情思

每一天我默默地孤寂

每一次我飘往你身边

都是因为哀伤的别离

我不爱你

如果先给爱情下一个定义
然后再对照一下我俩的关系
我会说：是的，我不爱你

如果翻开所有的爱情笔记
同那些旷世经典相比
我会说：是的，我不爱你

如果我能给你的除了爱
就只剩下一贫如洗
我会说：是的，我不爱你

如果从此以后爱情与你相伴
那就是我最大的理由欺骗自己
我会说：是的，我不爱你

诗人的幸福

生活并不分此地别处

有爱就有数不清的幸福

习武读书，周游世界

漫步光阴一起逍遥自如

阳光、大海、鲜花与诗

耳得目遇我都用心感悟

无事清谈还须夜雪访戴

自得其乐世间美梦如初

骊歌

蓝色的夜空橘黄的星光

天鹅的曲项如月的模样

你双瞳里珍珠似的泪水

在梦的琴弦上轻轻流淌

夏日的清风幽幽的荷香

无声的执手透明的思量

你双瞳里珍珠似的泪水

在心的湖畔内滴满忧伤

有赠

你的笑容犹如月光一样干净
把我心底的柔情偷偷唤醒
在鲜花滴露草熏风香的小径
在溪水淙淙红叶漂流的山麓
你的明眸闪烁着满天的星星

那时年华的脚步曾悄悄走过
天空唱着一支透明的水晶之歌
大地拥有果园、牧场和羊群
从春天到秋日无忧无虑的颜色
我俩携手倾听檐雨自在的诉说

飞雪虽然要带来寒冬夜的魂梦
黄昏却依然回响着青春的弦音
心里为你点燃一盏橘黄的明灯
请一定坚信我的爱情与你同行
你的名字绽放时我俩就会重逢

我们失去了月亮
失去了浅蓝色的天空
从此心花凋零

你曾讲给我听一个梦
像是春天的海风
我们坐在石头上
伸手触及天边的晚星

当时我们是那么年青
时空中都回响着笑声
幸福像诗歌一样温暖
如潺潺的水流般恬静

海鸥飞走了
那些日子也跟着去了
我看不到你的眼睛
看不到那时侯的柔情

我们失去了月亮
失去了浅蓝色的天空
从此心花凋零

我们失去了月亮

旧时情书

不经意间回首当初
旧时的月色
像极了那些旧时的情书
远方的别名叫做抵达
驿寄梅花，鱼传尺素

跨越万水千山的思念
烛影摇红，一字一句
织成望眼欲穿的归途

泛黄的信纸上刻满了
沉甸甸的柔情与幸福
一如土楼般根基牢固

那些月白风清的爱恋
那些团团圆圆的相伴
弥漫在旧时的月色之中
读起来便是旧时的情书

当花朵在偶然里告别绚烂
当生命在突然间失去踪迹
我对着世界呼唤
有谁见过你
明明就在那里
我却还是找不到你
宁愿这只是个梦
也不想去奢求奇迹
无论你在哪里
我都要找到你
我们回家
泪水决了堤

我们回家

想起从前的笑语
仿佛你从未离去
有谁见过你
为什么
还是没有你的消息
看到一个个
父母、恋人和孩子被救起
多么希望那就是你
却又可以接受不是你
是你更好
不是就给别人一个奇迹

当花朵在偶然里告别绚烂

当生命在突然间失去踪迹

无论你在哪里

我都要找到你

你一定又在对我说

无论如何我们都在彼此心里

一生一世不离不弃

今生不能在一起

我就找不到真实的自己

我们回家

泪水决了堤

当我老了

所有的风景都停止变幻

回首来时的路

往事如云一般丝丝消散

过客像风一样渐渐吹远

我什么都不再关心

只有一个人

只有那个人

一直默默地给我温暖

年青的时候

为了心中的正义我去流浪

忍痛将你交给孤单

我决绝地别离背向你的目光

却始终没有逃脱你心的视线

浪客剑心

多少次雪花在月夜里飘落双肩

多少次风霜在星光下扑打我面

为了心中的正义我不在乎

可是我无法战胜死神……

我忍着不死

我回来了

樱花像雪花般飘落在我们双肩

萤火虫星光样流动在我们面前

我倒在你的怀里

终于可以休息了

可是

对你，我依然那么残忍

田地里收割的人

田地里收割的人

此时你已忘却了汗水

淡远的天空下

弯曲的背影流成最优美的弧线

你有没有注意

挥着翅膀远去了的不见了一个点

日子因为含蓄而变得丰盈

色彩则涂满了眼睛

日月星辰在你身旁起落

也许雨雪风霜你早已习惯

你只在生命里仔细耕耘……

花花世界

遇到最好的你，一如
初春的阳光，清清爽爽
携手并肩漫步花花世界
普天下的爱都盛开芬芳

所有的苦难也值得感激
即便是爱同样需要成长
倘若不小心相忘于江湖
我愿与你重新结识一场

雪域七行诗

一

我向雪域高山之巅出神凝望

何处传来歌声在人心中激荡

纯净的蓝天变幻的云彩

升腾的雄鹰下是觅食的牛羊

微风吹动了五彩的经幡

佛塔中走来前生今世的情缘

谁的泪水开始像雨水一样流淌

二

我在大昭寺前一圈一圈转佛

右手里始终不见那个人的左手

我并没有去磕一个等身长头

却在心中燃起一盏不灭的灯火

我并不奢求转世轮回里解脱

却惟愿人世间的种种不幸和无助

在我虔诚的祈祷声中灰飞烟灭

三

在圣城拉萨的街头自我放逐

我漫无目的地在八廓街游荡

好想知道他们彼此在说什么

好想听懂他们的歌在唱什么

可惜对我来说他们甚至像你一样

我不仅是个看客更是个过客

我无法走进你丰盈而简单的世界

四

今天我不带相机也不拿画笔

更不装什么行吟的酸诗人

我只是个窝囊废带着愤怒的灵魂

在雪域高原上手足无措踽踽而行

喇嘛庙的诵经声没能使我宁静

冷酷的现实也未曾让我清醒

或许唯有长眠才能让一切清零

五

我和伊人肩并肩在宁静的拉萨河畔漫游

丰沛的河水不急不缓向着落日斜晖深流

我俩席地而坐看阳光穿过云层洒在山上

两道美丽的彩虹一隐一显从山巅挑向云头

飞鸟穿梭天际在山雨欲来的乌云下寻觅自由

雪域高原上行色匆匆为游而游的人多如牛毛

有几人能像我俩此刻这样内心宁静不计烦愁

六

你是否也曾用迷恋爱慕的目光守护着一位姑娘

你是否也曾静静地欣赏她那可爱的睡姿和吃相

你会用什么样的昵称来亲密地呼唤她呢

小家伙小精灵小玩具小菩萨小耳朵小糊涂仙……

许是我肆无忌惮的爱恋太过张狂

不然，她何以经常嗔怪我太不像样

不管如何，陪着她做她愿意做的事就是我最大的理想

七

终于来到西藏和你一起来看布达拉

八廓街上多逛几圈大昭寺前咱们晒晒太阳

闲坐在仓姑寺要一壶甜茶两个人慢慢喝

雪顿节第一天去往色拉寺里看晒佛

漫步拉萨河畔遥望天边迷人的晚霞

山顶上皎洁的月光照亮美丽的格桑花

佛陀啊，那是我心上人如玉一般的面颊

清
流

阳光照着你的秀发
仿佛一阕温暖的诗歌
黄昏时分，花瓣随风飘落
月色从窗子里溜进来
一如那快乐的亲吻

甜美的容颜，回眸的笑意
有时像是清晨第一滴露水
有时则是一只可爱的松鼠
在梦与醒之间，无怨无悔

草木有情

草木一定有情，若不然

那些花儿何以开得如此美丽

草木　定有灵，若不然

那些花儿何以笑得如此甜蜜

它们喁喁私语，也梦想着

自由徜徉在阳光下和月色里

幻化成形，你也无须讶异

因为爱才真正称得上是奇迹

注：余读《聊斋》，尤喜草木篇，爱其纯洁良善，情深意坚。常言道："人非草木，孰能无情"，疑因释家有情世界六道轮回，草木不在其中，故有此说；儒家比德，亦不过只予草木情操耳；唯独道家，齐万物一死生，正合我意。

有赠

黄昏和黎明婉转交错
一阴一阳绘织成这世界
在喧嚣与昏暗里凝眸
那份真情如光美丽静默

我的心中有首温柔的歌
像是微风拂过的小河
不经意间点亮一颗星
携手天地从此难分你我

年青的心

飞鸟在碧空中自由翱翔
生意摇曳，花草幽香
天下有情人遇到幸福
一如山顶上皎洁的月光

陪你看尽红尘盈虚消长
把古老的歌谣一唱再唱
两颗年青的心依然清澈
一如山顶上皎洁的月亮

献诗

晨光闪烁着丰富的秘密
是谁在春天里渴望着
像树根深深深入大地
我们听见大自然最初的呼吸
那满山遍野的花开啊
是天空无穷无尽的甜美欲望
阳光下，我们静静地走着
如同一支单调而纯粹的歌
把自己的影子埋进水里
义无反顾地出卖给快乐

小荷

全世界的鲜花都比不上
你在意的那个人的笑脸
今生今世就由我来呵护
只为我一人绽放的清莲

孤独的心曾经一再孤单
如今甘愿于蜜甜的牵绊
平凡的一切原来这么好
眼底入心间相看两不厌

在哈尔滨等你——给天下有情人

深秋的哈尔滨，榆树上黄黄绿绿的叶子渐渐飞走了
窗外初升的曙光温暖着微微摇动的枝桠和
我
看见两只胖乎乎的小麻雀从蓝天白云的背景里款款飞来
他们附和着生命的节奏在欢快地舞蹈呢
多想你也来静静聆听一下小家伙们叽叽喳喳的幸福啊

午后的哈工大，我在心里默默地诵着一首昨天的诗
何处传来的音乐轻轻触动了青春凋零的小园和
我
看见一对年老的夫妇执手相携来到我面前从从容容走过
这时歌声里唱起：平凡的一切原是那么好……
多想对你说，他们现在做的事，将来咱们一定也要做
独自走在夜深人静的校园，伸手是那片古典的月色
精神头十足的晚星热情地招呼着火焰般的青松和

我

看着瘦弱的月亮，天都这么冷了，你是否也穿得那么单薄

星星月亮你们悄悄看下，小耳朵有没有听话早早安睡

告诉我，她那美丽可爱的脸庞上一定是带着甜甜的微笑啊

"先去云南还是非洲"俯下身子先系好你的鞋带拍拍你的头

飞雪飘扬的日子，西窗剪烛的古人演绎着我和

你

看着我，笑着说，不为其他，只因咱们既是彼此又是对方

为什么对我好？醒来半晌，我才分清了梦幻与现实

我等候你，等你过来会合，一起再出发或者停下来好好生活

拉着你的手

慢慢踱进阳光里

晒晒这颗快要发霉的心

风骨是

青春的风吹着我这把老骨头

而我也成了无齿之徒

辽远的梦

像是雾中盛开的鲜花

年少时的知心好友

如今还有几个

那时的我们

风华绝代的我们

满腔热血的我们

像惠特曼诗中

那只沉默而坚韧的蜘蛛

愈挫愈奋　历苦弥坚

老年呓语

一起走过数不清的路途

有些人走散了

走向各自的信仰和追求

在雨雪风霜中完成自己

也曾经放任地醉酒

也曾经极端地怒吼

爱过、哭过、笑过

风起云涌 繁华落尽

"仍然自由自我 永远高唱我歌"

拉着你的手

慢慢踱进阳光里

晒晒这颗依然执著的心

他还是像年青时一样

爱你、愿意跟你在一起

一生一世 不离不弃

每一次幽怨的叹息

每一句哀伤的话语

想佯做听不见又愿意闻得仔细

既遥迢又临近 宛若在梦里

寂寞如同秋天叶子上的脉络一样清晰

在云淡风清的日子里

我跨越时间和空间的距离

从无数种可能中

走近你

好似翩然飘往深谷去的

紫风铃样的落花吧

好似漾在江南烟雨中的

青竹箫般的夜舟吧

感觉仿佛冬日白雪下的万物一般迷离

在百花凋谢的日子里

我穿过天堂和地狱的缝隙

从无数种不可能中

走进你

**走
进
你**

我们就像这三棵橡树

在光影变幻中失去角度

岁月一如歌声

我们却只在余音中醒悟

需要说清楚的

言语无法表述

本来能抓住的

当时惘然

错过相诉

突然明白该珍惜的是什么

我们已经不像这三棵橡树

曾一起梦想着能如云漂泊——

当我们终于

迈进彼此迷恋的路途

却始终也忘不了

这三棵橡树结伴的幸福

悲剧美

阳光死去了，太阳成了月亮
蓝天哭了，泪珠化为星星

别梦

捡起用木叶做成的影子
来不及收集风中的花瓣
那井水一样清澈的明眸
倒映着今宵别梦灯火阑珊

浇一壶晚唐冶艳的浊酒
在月色下独自吟啜星光
谁人迷醉往昔不忍挥手
泪水一如秋雨把别梦浸透

诗

心的自觉
情的生发
道的明灭
美的抵达

流
年

游鱼绕着芦苇摇曳
村庄沿着河流漫步
阳光为大地重新染色
山岚温柔变幻蝴蝶

古老的歌谣唱了又唱
回忆里无法打捞的忧伤
一如落花随风暮霭升起
化作满天的星辰和思量

夜晚的世界毕竟跟白天不一样
更何况是刚刚雨后的此时此地
没有月亮不见了星星和云彩
漆黑的夜空夺走了神灵的记忆

秘密的雨夜山中精灵在做什么
依稀沿着湿漉漉的铁轨悄然前行
她们是以松鼠或狐狸的面目出现吗
于谁的心间点燃一盏光明与黑暗的灯

不适合举杯就唱一支流年的歌谣吧
唤醒火把一起聆听灵魂的血性
灿烂的秋天将是我不再隐形的王冠
在诗的名义下绽放这花开一次的生命

山神

双
鸭
山

远山波尽　云海如画
北大荒遍布苍穹之下
玉米抽出青穗
水稻盛开香花

我的心飞过木屋顶
眺望乌苏里江方向
珍宝岛内外
黑土地都是故乡

一起去新疆

夏天的风带着泥土的生息

混着瓜果和庄稼的清香

天山、草原、湖泊、沙漠

在旷达与悠远中激荡

黄昏时分的剪影

模糊了岁月的模样

可以慢慢走欣赏

可以策马扬鞭疏狂

去新疆

一杯葡萄美酒

不知不觉不失不忘

像是耗不尽的青春

仿佛从一而终的情义

翻山越岭也走不完

彩虹一样如画的江山

走过的路

看过的风景

遇见的人

回忆酿成的酒

是真实是梦幻

悄悄地在心底浮现

蒹葭

芦花在飞，江上的芦花在飞
心上人，你是否看到芦花在飞
你不回答，一起沉默的是这条江水

曾经多少个日出日落，春花秋月
一支芦笛吹响，所谓伊人在水一方
痴情人寻了三千年，倩影依然隐隐绰绰
芦花飞了三千年，三千年满天的惆怅……

江南

湿漉漉的烟雨和诗篇
意象斩不断温润的江南
小桥春水，渔舟唱晚
梦里开满了明朗的哀怨

月上芭蕉也照在边关
大雪满弓刀谁人似白莲
金戈铁马，故国河山
醉卧沙场把你深深思恋

西双版纳

雨水如阳光一般飘洒
阳光像植物一样蔓延
植物和雨水一起生长

姑娘摘葡萄

葡萄般丰腴圆润的姑娘
摘下了
姑娘般可爱迷人的葡萄

一

月光下皎洁的花朵

仿佛春雪一般宁静

在蓝天与大海之间

你比自由更加轻盈

从清晨到黄昏

从远古到当今

你是恒星的恋人

你是梦中的初心

一生厮守羁恋红尘

从未辜负不老的青春

历经生死走过轮回

从未失去圣洁的灵魂

我也要引吭高歌

歌唱爱、希望和光明

我也要展翅高飞

飞向美、勇气和生命

天鹅之恋

二

从古老的建筑之上飞过
从逍遥的山水之间飞过
穿梭于露珠连接的日夜
野马尘埃风起云涌
给泪点和笑容美丽的颜色
不急不缓追逐永恒的季节
左翅北方右翼南国

蓝天之下都是远方
仿佛一曲不肯妥协的诗歌
给自然和光阴无声的承诺
孤身犯险随心起落
变幻着虚实流转的阴阳
从古老的故事之上飞过
从逍遥的天地之间飞过

将生命安顿在

烟雨濛濛的水乡

粉墙黛瓦的江南

流光逸影之间

变与不变的意义

周　　红尘颠倒的空幻

庄　　从漫天飞雪里走来

从椰风明月中走来

撑一叶扁舟渔歌唱晚

天趣宛然心即是江山

古今来形形色色无非是戏

天地间奇奇怪怪何必当真

迷失

光和影燃烧起来
揽你云水入怀
天地丰美而纯粹

瀑布碎成群星
我的身体融化了
生命却与你同在

光影之子

你说要有美，要有光明
于是在孤独之上盛开花朵
点亮一个清澈而又单纯的世界
风起于月光，流水拉长思念

用眼睛聆听大自然的吟哦
与爱同行将所有的平凡触摸
你展开了如梦似幻的翅膀
天空和大地定格永恒的承诺

蜻蜓

想起小时候
和蜻蜓一起赛跑
同蓝天一起说笑
无忧无虑，热爱一切
时光有着阳光的味道

一辈子真的太短
让我们来不及分辨
生活究竟是近还是远

又看到蜻蜓立在枝头
无忧无虑，依然故我
原来，一切都没有改变
幸福快乐仍在我们心里
时光静好阳光依旧灿烂

稻城之歌

远山的尽头是木头房子
杨树生满黄黄绿绿的叶子
清水倒映着蓝天白云
秋天的飞鸟远去了痕迹

我情愿做一条快乐的游鱼
只在这片铺开的红草地里
沐浴着每一次幸福的日出
亲吻着每一个如梦的黄昏

月亮悄悄升起来
萤火虫也掌上了灯
恋人们抱膝而坐喁喁私语
世界写满华美而纯净的深情

如梦似梦

我漫步在璀璨的星空

伸手抓来几颗流星

它们曾经是

我们的梦幻我们的憧憬

一度占据我们执著的心灵

希望逢着一个有雨的日子

我跨越七色的彩虹

亲手将它们放入你心中

然后浴着阳光清风

独自翱翔在那永恒的时空

一

雪花飘飘的蓝色夜

昏黄的灯光渲染着

缥缈的世界

谁用温暖的魔法

唤醒了

散落在童年的记忆片断

谁唱起了熟悉的歌谣

令人不由自主轻声来和

雪花

二

雪花

白色的火焰

落满我的双肩

我的黑头发

走过海洋

拈一朵云霞

在春天的树林边停下

拿北斗星做酒杯

我不说话

只品尝美丽的孤独

春天的风车

草原上吹来了绿色的风

我离不开你呀

我愿意展开双翼在蓝天里滑翔

歌唱生活，快乐像鸟儿一样

我相信真情，满天的星星

因为你，我相信永恒

我是春天的风车

我耐得住太久的寂寞

别人也许早已把我忘却

但是你不会，你不会

草原上吹起了绿色的风

我的心

如同满天的杨花一般从容

秋天什么时候过去了……

秋天什么时候过去了
银杏树上的叶子几乎都已经掉光
这几天风很大
我穿戴得厚厚的
慢慢走在昏黄的街道上
不知道为什么
突然想起了你
就像眼前这突然飞舞起来的
零零星星的飘雪
我的朋友啊，你现在好吗……

我爱清晨活泼的阳光……

我爱清晨活泼的阳光

我爱黄昏柔媚的色彩

在风中轻轻叹息

像幸福一样流泪

像春天一样花开

我相信——不是幻想

不是在雾中也不是在雨中

我相信——

更不是因为我年轻

我相信

总会有一个好女孩

给我诗歌一般的爱

她就是清晨活泼的阳光

她就是黄昏柔媚的色彩

她喜欢和我在一起

不是永远，只是一生

绝不分开

春天唱着干净的梦

风是玫瑰色的是蓝色的

花开得像火焰像云朵

草地绿得是一块玉

热爱美丽的阳光

我骑着生命的骏马

没有翅膀却仍可以自由翱翔

天空下

是谁在梨子树旁翩翩起舞

水一般长长的黑发让人想起柳树

夜深了

月亮照着青春

神按捺不住欢喜

用星星们的言语

轻轻低诉……

春天的诗

秋
天

秋天，在树林里散步

干净的天空，干净的果实

干净的色彩，干净的温度

我讲述着一个同样的故事

迷恋着一条未知的路途

谁不曾有年少时的孤寂

和难以名状的忧愁愤怒

在每一个美丽不安之夜

浅蓝色的风把年华脉脉倾诉

满天飞舞的是古老而青春的星星

皎洁的月光照着湖边嬉戏的兽物

我们斜倚树身，静静闭上眼睛

孤独的手风琴声如云一般飘过来

头发沾湿了枫叶上晶莹的露珠……

森林装满了精灵的咒语

江水奔流着无边的叹息

桃花燃烧起烈烈火焰

蝴蝶翩翩如飞舞的雪片

黄昏时分向晚的风微熏

停下来喝一大碗青稞酒吧

年青的肉体永远飞驰的神

在这迷人的蓝色夜下

让星星升起在你的黑眼睛

你看一看疏影摇晃 暗香浮动

鱼儿在水中的月亮里拍打浪花

天使的翅膀轻轻掠过你的黑头发

天真的小兽物在山麓玩耍嬉戏

欢快的鸣虫于幽静里歌唱美丽

……

致夸父

等待春暖花开来经过

我老了，我好奇地发现这一点
月亮井水游鱼陶罐她们没有老
风情万种的天空和大地没有老
太阳从海平面升起群星在闪耀

雪山下的骏马高原翩跹的白鹤
我背着命运在烈焰黄昏中流浪
谁家的命运唱着一曲无名的歌
等待春暖花开草熏风香来经过

莫来阻我一世的逍遥
七行诗

我想伸手引来一缕向晚的微风

踏着山中流水的月光徐行

我愿起舞独酌一壶半醉的浊酒

伴着林间蹁跹的白鹤长啸

世上行色匆匆的人啊

莫要扰我清梦

莫来阻我一世的逍遥

欢乐人生
七行诗

我想我是我佛

如一缕清风来去大千世界

不图修行禅悟 不说六道轮回

也不重八关斋戒和报应因果

只为众生的平等温暖与内心解脱

诸法空相何须过多贪恋自我

无尽的烦恼自挡不住无边的欢乐

英雄
七行诗

唤醒月光下沉睡的灵魂

把歌声和年华献给希望

黑夜里绽放出光明的花朵

自由一如微风轻轻拂过脸庞

我要化作尘世的喧嚣与落寞

凡是有爱涉足的地方

英雄的故事就能永远传扬

未曾远离
七行诗

是的，我将要远行

远离颠倒梦想和年青的羁绊

认定了心中幸福就不再畏惧时间

跋山涉水只是为了告诉

星空、海洋、森林还有雪原——

一个人走得再远

也要回到相爱的人身边

七行诗 无题

一如鲜花和雨水把春天填满

我对自己的人生由衷地迷恋

我灵魂的脚步所甘心追随的

不只风光古迹更有真情实感

无尽的远山绵延向星空和海洋

是飞鸟吧，是月亮吧，是游鱼吧

那是我看你时你看我的双眼

七行诗 有赠

老朋友要飞来听我的诗歌朗诵会

友情带给世界的比阳光还要明媚

不去计较那些严冬般的冷漠与嘲笑

叶子和花总是在恰当的时候回归

对于未来，我顺其自然无所期待

直面生活，我笑看风云无怨无悔

依然不胜酒力，情愿共君微醺半醉

诗

诗歌是文字的舞蹈
思想是灵魂的舞蹈
大自然是万物的舞蹈
儵鱼出游从容
像是照着影子的水草

橘黄的光线……

橘黄的光线迎合着苹果绿的微风
我躺在茅草屋顶静数星星们的酣梦
谁向划过幽蓝夜空的那颗流星许下了心愿
我的月亮醒来了，她绽开甜美的笑容

秋天

秋天仿佛一道弯弯的小河
满载着色彩斑斓生命的歌
没有比今天更纯净的梦想
飞鸟在天地之间自由穿梭

他人的世界飘忽雪花春雨
你的眼睛里也闪烁着落寞
我不相信瞬间只期待永远
像一只松鼠珍藏爱和坚果

落花之美

不必为风中的落花叹惋
这首生命的歌从未唱完
走过了一段光辉的旅程
回眸时的卓绝丰姿依然

在完美率真的大自然里
花儿和叶子都不会孤单
脚下大地是灵魂的河流
水波里还有星辰和青天

果洛

果洛山燃烧起白色的火焰

大雪纷飞目睹你这一世的容颜

手摇转经筒，风马旗飞舞

清晨的煨桑炉带来了袅袅桑烟

究竟为了什么世界改变了太多

期待重返内心的宁静与平和

全天下的梦想仿佛莲花开落

湖水明澈如镜遇到另一个自我

青海草原

蓝天之下都是远方

春风吹拂青草花香的牧场

雪山静默，彩云飘过

光阴在有与无之间流淌

我是归人不是过客

姑娘，从此陪你赶放牛羊

携手唱一支月下情歌

姑娘，从此陪你幸福安康

如云

何必刻意为她描摹一幅画像
任谁也说不清云是什么模样
此时只须安静地看着就好
一如恋人深情对望互诉衷肠

躺在高山稻田里思考天地
我只关心粮食蔬菜瓜果和水
尘世间的一切失去都不足惜
爱会在对的时候绽放奇迹

无题

那静谧的是山是松还是群星
这流动的是水是风还是清梦
化身蝴蝶于时空尽头款款飞来
自说自话，我们在迷恋着什么
跨上季节的骏马一路聆听天籁

期待每一个夕阳西下的黄昏
美从绚烂执著中走向平淡安宁
我依然是你才情惊艳的诗人
心心相印，一手月光一手雷霆
在有无之间变幻意境温暖灵魂

黑城怀古

一

黄沙淹没红尘，风烟荡尽

如梦似醒之间一代新人换旧人

那些热血沸腾的传奇只留荒冢

旧时月色能否唤回当年的忠魂

江山借来一用，英雄归去

青丝白发金戈铁马几番狼烟起

苍茫大地是谁在诉说天下兴亡

躲进世界的角落历史沉默不语

二

黄昏时分的自由与平静如此美丽

湛蓝的天空下告别了英雄的足迹

青史留名也只不过是未生即死

拥有失去了最本真的色彩和意义

千年之前谁是我，千年之后我是谁

怆然独立，回首千年一瞬我自微尘

文明的鲜花在虚无中诞生又枯萎

大漠深处一只蝴蝶醒来，温润如春

呼伦贝尔的白桦

秋天，我来到呼伦贝尔

看见白桦成林，摇曳阳光

黄英绿玉点缀江山如画

飘飘洒洒的白雪来做霓裳

静水流深恬淡虚无中路过

一如光阴在人间轻轻流淌

你的性格只有齐天或倒下

是否也曾想在月色里歌唱

注：这首诗我想试验一把纯诗抒情和说理抒情的无序结合，本来下半阙更隐晦一些，但似乎不容易看出对比——白桦树的争上和水的不争对比；他人眼中的自己，自己眼中的自己和实际上真正的自己三者对比——于是修改成现在这样子了。我自己不太满意，还有继续修改的余地。我以为，诗的常态就是未完成，需要作者去进一步完成，也需要读者参与完成。这首诗是为冯健老师的摄影作品而写，我希望这类诗既游离于照片的意境之外，又依然游弋在照片写实的内容之中，只占读者天马行空想象中的一小部分。

于时间的河流上泛舟而过

谁又在将生命的美好诉说

当青春奏响了梦的旋律

当自然诠释出神的生息

每一次心跳，每一次呼吸

都在为天地万物深深着迷

无题

为你点燃这太阳的火灾

群星洒满点点滴滴的期待

色彩斑斓的岁月闪烁真珠

浩瀚沉静的目光一如大海

聆听着风和雨把幸福遗忘

彩虹沉默在有无之间徘徊

如果可以的话

如果可以的话

做一只快乐的小海狮

那驯兽师最要好的朋友

像鸟儿在天空幸福飞翔

我只转着圈儿随意仰游

快乐地飞翔倾心于表演

从不跟任何人争斗

有时候我爬上岸

又笨拙地掉进水里头

溅起的浪花开成太阳的模样

而观看着的所有骚动的心

都开始变得恬静温柔

我们至少还有音乐可以爱

云朵 雨水 植物 尘埃
当人类还不是人类的时候
从草原湖泊到丛林山脉
是谁还有谁听到了天籁
停下漫无目的的脚步
有人在水边放一束鲜花
献给风神的竖琴
每一个浅蓝色的夜晚
人类并膝而坐侧耳倾听

劳动的时候歌唱
舞蹈的时候歌唱
出生的时候歌唱
死亡的时候歌唱
喜悦恬静以及愤怒哀伤
文字是图画的音乐
诗歌是文字的音乐
人类是诗歌的音乐

宫商角徵羽道出我的心曲

号钟 绕梁 绿绮 焦尾

千古的佳话一生的知己

暮春时节我也要到沂河沐浴

在舞雩台吹风，一路唱着歌

谁家女子指尖上琵琶的音律

戎装初换曲有误周郎顾

孔明端坐城楼上弹琴御敌

阿瞒横槊赋诗对酒当歌

嵇康临走把广陵散再弹一曲

我看见鬼才在听人弹箜篌

我看见坡仙在听人吹洞萧……

春天的鸟鸣夏天的夜雨

秋天的木叶冬天的落雪

山中的松涛水边的桨声

发现音乐我们成了人类

每一个浅蓝色的夜晚

我们并膝而坐侧耳倾听

缀玉联珠

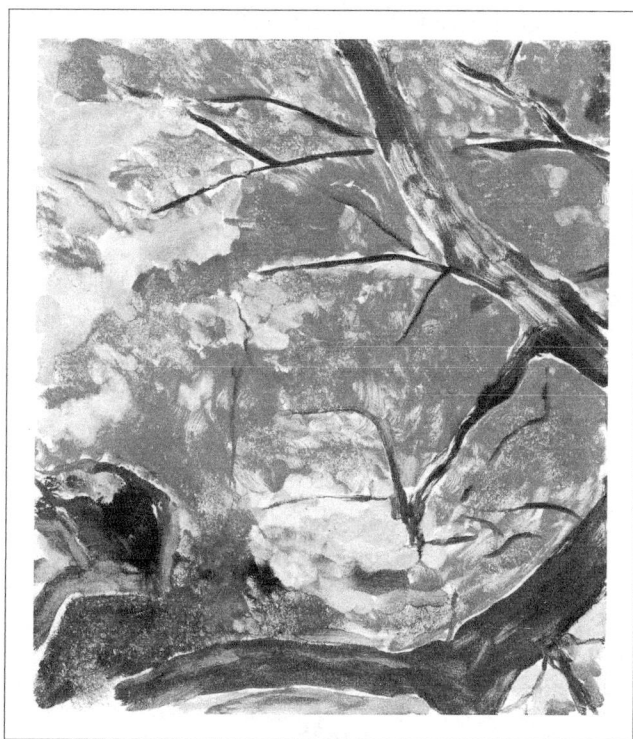

玛丽·拉维
法国著名画家

题　辞

我曾经有过比天还高的志向

也曾经和猛虎一起奔跑，雄鹰一起翱翔

那时人很美，天空很快乐，大地很舒畅

我的气势如同虹，热情就像太阳

如今，我只是冬天里虚弱的阳光

浩瀚深邃的宇宙不再有我的梦想

我的灵魂在旷野上随风漫飘荡

张开口，我再也唱不出动人的乐章

我厌倦了我的一切，我恨我无法死亡

我鄙视我的丑陋，我唾弃我没有力量

我想逃避，可不管我转向何方，我的眼

看到的总是无尽的空虚和迷惘

一　月

一月啊一月，鹅毛大雪尽情地下吧

别像无边的丝雨那样，教人惆怅

若是心累了，就倚窗向外望一望吧

多美的闲暇，足够让你好好想一想

一月里银装的白桦像首冷静的诗歌

花朵般翩翩飞舞着无数洁白的蝴蝶

诗意的青春　失意的岁月

在这激情理性的季节里远去了无声——
如果需要刻意维持，索性就由它忘却

二　月

而今死亡本身已经死亡
二月像一匹烈火战马奔跑
惊醒了色彩，激励了阳光
春天开始在人间明媚歌唱

二月有数不尽的别离忧伤
也给了人更多重逢的希望
若微风牵动了你幽幽情丝
且把成长的思念写在水上

暗恋·三月
　　——献给中国以及人世间所有永恒的情愫
清新如诗的三月，中国古典意象里轻盈如梦的三月
心上人，我要为你写一支柔情似水三月沉醉的歌
北国冰雪消融的时节正是烟雨江南花开如雾的三月
心上人，我正为你写一支生命涌动三月希望的歌

三月之前，我折一枝腊梅寄给你，远方迷人的公主
三月之时，我杯中的香茗是你亲手采撷的相思云朵
三月之后，我们种下的向日葵引来梁间双飞燕呢喃

阳春三月，我未曾表述的不是哲学而是审美的生活

三月，从诗经楚辞唐诗宋词元曲中飞出来的三月
心上人，我不只是你深情的诗人还是你无畏的战士
三月，假使不用打仗就能守护这清新如诗的三月
心上人，每个春夏秋冬你肯不肯同我一起执手走过

四　月

绯红的小草花雀跃盛开
窗外明媚的四月已经到来
如此温柔的阳光和夜色
一起漫步才是正经事儿

唱一支清澈的歌谣听吧
唱走所有的哀怨和落寞
我喜欢你的声音懒懒的
仿佛花儿依偎在大地上

橘黄色街灯下两个影子
拉着手随意说会儿话
星星点点的露珠和月光
咱们的世界干净而明亮

五月之歌

蓝天下，你，淡红色的花朵，用绛紫色的
欲望将我迷惑，一如那谜一般的缥缈
而又空灵的歌，当纯白的暖风已吹起
绿的枝桠也在轻轻摇曳，你的一丝微笑
我的汹涌的沉默

湖心里，你，不见底的旋涡，使如水样的
春愁将我淹没，一如那谜一般的炙热
而又洁净的火，当麦田上余晖已褪尽
黄的星月正在慢慢抛落，你的轻盈的舞蹈
我的颠倒的世界

六　月

蓝天上漂浮的不是云而是思念
青春的激情在燃烧中归于寂灭
溪水倒映着生死和流年的影子
万物如梦似醒在这美丽的季节

我也想化做草熏风香的清夜
静静地倾听菩提花瓣簌簌絮语
看那点点的繁星火苗般摇曳
让六月的色彩将我的心伤弥合

七 月

果林菜园玉米地棉花田，抬眼望去无边无际
七月的主人是飞鸟是鸣虫是不安的绿色海洋
不早不晚，像我们一样拥有最最恰当的年龄
模糊的标识符只是我若有似无的神秘的印象

我时快时缓地穿行在杂草丛生的乡间小道
烈日里阴凉下的泥泞坎坷一如惨淡的人生
失而复得了方向后我吟出几句无韵的诗歌
白云悠悠夏风吹来村庄静默我却又迷失了我

八月寂寞

八月的生活无法用文字说明
思念像抽丝，寂寞如同春天的风
想得入了神常忘了正和人交谈
莫名的惆怅毒药一样欲罢不能

在夏末的微雨里踽踽独行
在初秋的凉意中寻找从容
我看见燕子从葡萄藤上飞起
白云像船漂在湛蓝如海的天空

九　月

九月的星空

流动着爱人的温暖

轻轻走过的脚步

唤醒我沉思的迷途

在一个转身遇见

流水的月光无言

尚未来及结印的右手

眨眼无数轮回的瞬间

那翩跹的白鹤

借我寻找心上人的翅膀

九月的星空下

已是万水千山

十　月

此刻大地弹奏，由天空来聆听

幽蓝的夜色中最亲近的是晚星

遥远的故乡啊！我看不见

感觉到的有鹅黄、温暖和恬静

十月用色彩说话最不缺乏热情
是谁讲月光下鱼儿在水里游动
我赶过去，果然看见了
那溅起的浪花果实一样的晶莹

十一月

十一月，美丽的忧愁，像你
清白的天空中你是冷澈的云朵
十一月，汹涌的沉默，像你
产生天才的错误时代，渴求生活

激情的余孽，冷酷的先声，寂寞
世间最公正的法官也许就是你
十一月，明天会不会下第一场雪
在没有星星的夜里将歌声熄灭

十二月

枯藤、衰草，被惆怅笼罩的分明是十二月
终于飘飘洒洒了星星点点的细雪，沉默
不必含泪凝望，就让怀念渐渐老去吧
天空下静寂里，相信每一种神奇的错觉

想逃避时光流逝而旧情难忘的十二月
已走过的真实的年华就像一团永恒的火
不可能了，结束了的怎么还能再继续
但春天心田上萌发的却将是最深刻的回忆

后记　七行诗
从前的对话，无声地执手
阳光、枫叶、金草和秋
当爱情成为最完美的模式
冬日童话讲完的时候
春天从四面八方涌过来
歌声飘荡，悠悠
我却找不到了你

从胡杨树上飘落的情诗

一

月亮在什么地方沉睡了

浅蓝色的夜空只有星星

他们没有悲伤

风在胡杨树的枝桠上私语

是说着旧日的时光吗

滨海路上的秋天

也许还不知道

大漠中有一树盛开的思念

二

胡杨树在大漠中孤单

活得越长

思念的根须就扎得越深

对他来说

死容易

活着才最艰难

三

如果你愿意

我们一起去额济纳

看美丽的胡杨

我们看蓝天上的云彩

看大漠里的胡杨

然后我们分开

哪怕许多年之后

你送给我一个名字

唤作遗忘

四

我听见水的声音

那是谁的泪珠如雨

凝固在祁连山上

冰雪在大漠中穿行

等待秋天的胡杨

飘落如花

飘零如泪

五

在每一片叶子上

都写满月光情诗

金色的大漠

金色的胡杨

我在胡杨林里睡着了

睡了就不再醒

六

我的心

不再是一座城

而是这

荒凉的大漠

六千万年

你在我心里

七

水流草花星星

一起燃烧成遥远的梦

马头琴止

洞箫声渐去

远古的征尘已息

额济纳的胡杨林

我只嗅到爱人的味道

八

青春

一个美丽的动词

一只飞舞的蝴蝶

在黑夜里

金色的胡杨树

是一盏橘黄色的灯

点燃所有的期待

九

干净的大漠

没有丑恶

如果我在这

黄叶飘飞的秋天迷失

我愿意

拥着无尽的思念

仰望满天的星光

流干最后一滴绝望的泪水

十

天堂一定是在人间

今夜

大漠流淌的是春光

胡杨树的叶子是

湛蓝如海的天空散落的鹅黄

星星一样的鹅黄

月亮把两个影子拉长

可是醒来

你为什么不在身旁

九寨沟之一

一

月光沉睡千载

九寨沟的海子里

谁从梦中醒来

止水美得像花开

二

古老的藏寨

在月光下睡着了

三

火花海的月夜

碧蓝色的月夜

鱼儿们醒来了

四

游鱼和光影舞蹈

游鱼和木叶舞蹈

游鱼在月夜不睡觉

五

游鱼睡在月光下

游鱼睡在月亮上

九寨沟和九组诗

一条游鱼甩甩尾

两条游鱼动起来

六

不是瀑布

不是雨雾

古老的藏族村寨

才是仙境里的飘带

七

满天满地的月光

满天满地的诗情

八

我是一朵断木

你是一朵断木

花是一朵月光

你在五花海醒来

我在熊猫海睡去

九

我在九寨沟迷失

我在九寨沟醒来

九寨沟之二

一

不要问我
九寨沟是什么颜色
她是大自然
她有着生命的颜色

二

纯洁的光和影啊
你的色彩是真的
我的肉体是假的

三

彩虹借了
九寨沟的七种颜色
骄傲地挂在天边

四

因为颜色
九寨沟的季节
不是别处的季节

五

世间无限丹青手

一入九寨画不出

六

色彩是九寨沟的生命

七

九寨沟的景色

才叫生活

九寨沟的生活

才是景色

八

色彩在奔跑

汇流成河

太阳衰老成水滴

九

世上还有九寨沟

九寨沟之三给郎伍

一

好风景是九寨沟
好朋友叫郎伍仁在

二

你们家有一条沟
叫九寨沟

三

在外面喝酒唱歌
醉了回九寨沟安眠

四

一片古旧的木板上
墨迹斑驳的涂鸦
那是童年的神祇吧

五

一颗核桃树
秋天的时候
能做出好多核桃饼
好多核桃树
秋天的时候

能做出更多核桃饼
我在思考
这么好吃的核桃饼
到底是怎么做的呢

六

果实成熟与否
完全取决于咱们仨
能不能打下来

七

无论春夏秋冬
不管晴天雨雾
一起在九寨沟散步
都是正经事

八

人如朗月多情义
性似崇山有厚德

九

看水、观花、听雨、赏雪……

九寨沟之四

一

月亮是水的回声
水是九寨沟的骨骼

二

神的那些传说
都是静美的时光

三

神仙你停一停
神仙说我不停
我要去九寨沟

四

朝阳在九寨沟升起
斜晖在九寨沟铺落
仿佛飞鸟和游鱼
神微笑着不语

五

神的手掌里捧着

九寨沟的水

小心翼翼纹丝不动

六

九寨沟有一颗

亲吻时光的心灵

七

山岚唱起悠长的歌谣

雨声泄露了神的秘密

八

浅蓝和墨绿的乌鸦

聆听着神的演讲

九寨沟只是聆听着

九

神是九寨沟的神

九寨沟之五

一

夏草如茸
仿佛慵懒的精灵
静水流深
做着碧蓝色的梦

二

绚烂的秋天
五彩的微风
晴空悠远
波光星星点点

三

木头岛屿将触角
从彩色的湖泊
延伸到变幻的云端

四

魂牵梦萦
念念不忘

五

蓝色的镜子

绿色的海子

绿色的海子

蓝色的镜子

六

新荷叶寨在山下

老荷叶寨在山上

她们哪个是倒影

七

普天之下的忧伤都是幻境

遗世独立的美丽最是真实

八

天鹅与孔雀

熊猫和犀牛

我跟九寨沟

九

生灵是自由的生灵

九寨沟之六

一

面对自己时

没有了孤独和无助

我只不过是

一滴水

一朵云

一片叶子

二

九寨沟的风

吹起了五彩的经幡

九寨沟的水

转动了所有的经筒

三

世俗喧嚣浮躁

九寨沟不动念

四

我找到了九寨沟

她不对我说一句话

我也是不言不语

五

飞鸟在水上照了照影子
她看到了九寨沟的闲暇

六

没有什么能束缚我
我是九寨沟里的一滴水

七

天地之间的万物
大雪纷飞

八

谁也无法
替代你
站在
九寨沟面前

九

我是清清净净的我

九寨沟之七

一

风从九寨沟吹过

落下诗歌的句子

二

流水潺潺

静如止水

花开也是九寨沟

花落也是九寨沟

三

色彩斑斓的秋林

叮叮咚咚的瀑布

阳光和海子深情拥吻

四

蜡笔涂上火焰的颜色

谁在荷叶寨栽种了

几株美丽的向日葵

五

小松鼠下山喝水

野鸭水上游

鱼儿水下游

六

九寨沟的森林和鲜花

绽放着阳光的况味

走在悠长的木栈道上

我身边是清净的海子

七

落花飞离枝头

一如自然妙造之雨

八

凝望孔雀河道

在花间偶然抬头

我看见了

雪松上皎洁的明月

九

花是九寨沟的花

月是九寨沟的明月

九寨沟之八

一

窗外的雨下了一夜
我俩在雨声中睡去
又在雨声里醒来了

二

相爱的人
一起去九寨沟吧

三

携手一起侧耳倾听
天空中明亮的星星

四

是一缕阳光吧
是涓涓细流吧
温暖了一颗芳心

五

今生今世

我们的生命里

可曾有过这样一个人

……

六

用不着说什么

我明白那双

清澈温存的眼睛

七

月亮

痴痴地看着

仙境的蝴蝶

八

锅庄跳起来

相爱的人拉起手来

白头偕老

九

爱是九寨沟的爱

九寨沟之九

一

九寨沟在流动

仿佛日月和星辰

二

白云出岫

碧水如蓝

天地造化

俯仰之间

三

落霞浮光

飞鸟山川

芦苇摇曳

天籁宛转

四

层林尽染

落英缤纷

光影缠绵

流水如银

五

镜海碧透

夜雪初积

明明如月

沁人心脾

六

春风荡漾

山雨濛濛

杂花生树

流水淙淙

七

闲云来去

晚照人家

野凫戏水

老树著花

八

春花秋月勤执手

飞雪芙蓉总是痴

流水落英人易老

相惜相对少年时

九

荷叶青山桥上友

风流水影看云头

人生只羡花前醉

九九归一九寨沟

当我们的灵魂彼此远离了，
希望他们都还能在太阳下微笑。

——题记

送你一株野草花

一

要怎么办才好呢

是像风一样远行

还是如同大地般沉默

二

我们都来自天空里的那片云朵

也曾一起在风中潇洒地漂泊

只是后来

我成了山中的朝霞

你成了海里的浪花

三

词语在句子中才美

句子在诗文中才贴切

我的感情在你身上才是爱情

四

我们不能永久地拥有蓝色

因为天空也流下了泪水

五

我梦见自己

又在如云漂泊

风一样自由

溪水般快乐

六

今天天气好情郎

我不做忧郁的叶赛宁

我为你朗读莱蒙托夫的诗行

七

即便所有的努力

只换来你的转身离去

我也会沉默无语

用余生来完成自己

八

往事

那些只属于青春的往事

我们都不再回头

九

群星在夜色中闪烁着

仿佛大自然永恒的蛊惑

十

我拼命地向前奔跑

试图摆脱对自己的厌恶

十一

在白雪皑皑的命运里

我找不到了自己来时的路

十二

清晨的雪花在阳光中飘舞着

那是从春天来慰问的柳絮啊

十三

不要惊扰天空的伤痛啊
让那雪花静静地飘落吧

十四

莫嗔莫怨
既然心甘情愿

十五

为爱而生
为情而活

十六

慢慢地走啊
看雨中的花
看雪中的月
我们携手相伴

十七

只有在你面前
我才是最任性的孩子

只有你的爱

才能让我觉得最真实

十八

送你一株无名的小草花

栽一颗小苹果树

我们一起等她慢慢长大

十九

云南

彩云之南

多么美丽的名字

一起去云南吧

二十

睁开一片璀璨的星空

打开我们心灵的世界

二十一

我对你的爱

不是一种闪光的激情

而是一种淡淡的习惯

二十二

世界并不大
她就在人们的思念里

二十三

走在落日的余晖中
你成为我永恒的梦

二十四

唱一首喜欢的情歌吧
今夜我只相信爱情

二十五

推开窗子看看夜景
世界
在这片温馨的灯光里
是多么的美好

二十六

生命
在希望的田野上相逢
我们都是梦的种子
只是

你在我的梦里生根

我在你的梦里枯萎

二十七

光明熄灭了

群星全无

我看见了自己

二十八

那些喧嚣而自私的人

他们不知道爱和美是双生的

二十九

神啊！（或者魔鬼）

继续用痛苦换走我的自私吧

我只要她得到尘世的幸福

三十

在爱中迷失的

必将在失去与得到中回归

三十一

痛苦给了我们生命的长度

欢乐给了我们生命的宽度

爱和美则给了我们生命的高度

三十二

命里有时终须有

命里无时再强求

一

秋水装满色彩的倒影

纯净的世界

最适合用眼睛聆听

二

每一片落叶

都是花朵

秋天有什么——

色彩、丰收和喜悦

秋水集

三

内心的宁静

通往真正的永恒

我独坐于秋的云端

绽放之后何妨飘零

四

天空飞鸟

流水大地

大自然美到极致

五

秋天是一位诗人
他在用心歌唱
他在用生命歌唱
歌唱美歌唱希望

六

我想乘着秋天的风
去看世上最美的景

七

秋天是色彩的舞蹈
天上地下温暖而清澈
云朵展开梦幻的翅膀
花朵用神的声音轻轻诉说

八

大自然的秋天
一年一次
我自己的秋天
一生一次

一

天空中

那片流云问我——

你为什么总是漂泊

二

漫步在星空中

我总是怕不小心撞掉

哪一颗星星

梦星集

三

星空下 丛林边

是谁在轻轻地舞蹈

四

那飘零着的黄黄绿绿的叶子

有一片上面写有我的名字

五

今晚的月亮有点儿朦胧

是哪个天使忘了把它擦亮

六

夜很深很静的时候

你可以走进自己的灵魂

七

我向天空望了好久

天空没有注意到我

八

青春是穿在别人身上的漂亮衣服

你忘了自己也有一件

并且恰好也穿着

九

走在落日夕照的街头

我向你挥了挥手

不管你是谁

十

越试图解释清楚

越解释不清楚的东西

叫人生

十一

有时我

愈是妙语连珠谈笑风生

就愈是惆怅和恐慌

十二

忧伤的人看到的

别人

都是快乐的

十三

我不再难过

只听凭泪水肆无忌惮的奔流

天空阴郁了

有雨水冲刷它的悲哀

树林难过了

有清风拂去它的伤痛

我不快乐了

有谁来抚慰我的苦楚

十四

夜晚

灯光所驱走的黑暗

全部都钻进了我心里

十五

我站在城市的上空

努力寻找一个像我一样

相信童话的人

十六

我在大地上画满问号

而答案似乎已并不重要

十七

我喜欢在雪地里独往

听着踏雪的声音

十八

那个在

杏花疏影里

吹笛到天明

的古人还在吗

十九

走在人群拥挤的大街上

有谁会在意身边的我

忧郁而又迷惘

二十

很多时候

我就带着我的小狗

坐在小山顶石头上

看一架架飞机

在我视线里

出现、降落、起飞、消失

小狗趴在我脚边

和太阳一起睡着了

二十一

很多年后

还记得那个微雨的黄昏

我抱着一把木吉他

在葡萄藤下

将一曲古老的歌谣唱响

二十二

"永远"是"暂时"跟人开的玩笑

二十三

这个夏天快要过去了

不知不觉时间将

思想里的视线外的

改变了许多

我惊慌失措

不知该怎么好了

二十四

我怕有一天

发现活着活着

就不是自己了

违心的话语成了习惯

愤怒的灵魂终于麻木

二十五

太阳落山了

黄昏也走到了尽头

月亮出来了

星星出来了

歌声也响起来了

落在树叶上

滴在路上

雨水

像跳动的音符

像盛开的小花

二十六

雨下多久了

似乎从来就下着

我低头想着心事

偶尔望向窗外

二十七

我希望我会画画

我要画下美丽的一切
浅蓝色的风吹开陌上的花朵
蝴蝶便在绽放的雪中摇曳
金黄色的星光照进井水里
一片云彩从小鱼身旁游过
星星的微笑是美丽的花开

二十八
学会反思自己了
可依然没有学会后悔

二十九
温情的阳光
照耀着春天的
沙滩和
我
拿着书当望远镜
看海
一只自在的
海鸥
在我的视线里
轻盈
不肯离去
……

三十

这几天我心里乱乱的

像这个时候冷而远的繁星

化做漫天飞舞的飘雪

前尘往事在脑海里纠缠不清

我慢慢地走着

时而仰望 一直沉默

三十一

我们都有远方的梦想

生来注定要像

蒲公英那样

朝向未知的旅途

朝向不可预测的明天

迎着风雨飞翔

三十二

雪还没有化

夜幕垂了下来

透过冰冷模糊的玻璃车窗

我看到灯火在跳舞

是色彩斑斓的蝴蝶

像夜的精灵

带给人眩晕的感觉

三十三
我的天空变得静谧了
万物在隆冬萌发着诗意
那条流向你的小河
我知道
她仍在冰下悄悄走着
我回首遥望过去的日子

三十四
走在斜风细雨的春天
我的内心却是狂风暴雨的夏季……

三十五

明明那么多的岁月

如今都哪儿去了

就好像是在

茅草屋顶上吉他声里

丝丝散尽的情歌

那是月光皎洁地流淌

那是星子鹅黄地绽放

在浅蓝色的夜空中

在春天的田野上

随风轻轻地摇曳

满带着青春的忧伤

停下追赶太阳的脚步，我为你在月光下念诗

——题记

一

有时候

世界对我来说

就像夜晚的海洋一样神秘

而你

就是我的世界

二

吸引一颗心的

是另一颗心

蓝天群星下

微风花草里

我们一起悄悄地老去

三

湖水里快乐嬉戏的鱼儿们

像你的灵魂一样自由

四

我们一起拥有的是青春

我们的青春承载的是快乐

芳菲集

五

我的目光依然充满好奇

那每天都新鲜的

不只是世界

还有你

六

不要去问西天的残霞

那只是我们青春的回声

七

鸟儿在天空渐渐消失痕迹

月亮出来了

满天都是你的影子

八

从我们的

灵魂

相遇的那一天起

我的存在就因你的存在而成立

九

夜雨悄悄地来临了

如同我们不曾期许的爱

十

秋天从我的目光里经过

干净似你的笑容

丰盈如你的内心

十一

一起去海边看秋天的树吧

有我们生命的色彩呢

十二

那萧萧的黄叶

是我不曾停歇的思念

是你软软的唇语

十三

风从梦的琴弦上飘过来

哪里传出妙不可言的歌声

我看见你宛若清扬的眼睛

十四

是细雨飘忽里的风铃草吧

是夜色闪烁中的月半弯吧

你的眼睛笑起来

脉脉含情

十五

我们在一起走着

变得沉默了

不是无话可说

而是心里都荡漾着爱意

什么都不必说了

十六

你还不知道吧

我在为你秘密地写一部诗集呢

你肯同我一起诵读么

当我们再次相逢的时候

在黑暗中彼此凝视
摒弃那甘美的薄薄的梦
渴望危险的来临
渴望细碎如齿的风
我们轻轻地转向
等待月亮照彻树丛

——题记

一

我在春天里奔跑
寻找你遗失的笑声

二

夜晚月亮掉进了池塘里
溅起蓝色的水珠化做满天的星星

三

幸福像一粒小小的种子
等待你在季节里播种

四

我艰难地走在阳光里
恐惧于美不能完成

五

春天的花开

美丽与邪恶

轻轻触摸了你的眼睛

你爱色彩

却鄙视它粉饰了世界

如同

我爱人类

却憎恨他们的道德

六

我的热情是流动的痛苦

你微笑着，是轻蔑？是赞许？

七

我是离开了轨道的星星

正向不知处的深渊坠落

八

歌声呵，从何处飘来曼妙的歌声

给我们一种绚烂的宁静

九

在春暖花开的日子

和每朵花儿都打个招呼

什么也不想就是很幸福

十

我们一厢情愿地要解救人类于苦难

却不知道沉默的大多数都在心甘情愿

十一

看那阳光下的叶子啊

每一片都是一个太阳

十二

你走在风中

风走在你的头发上

白色的花朵烧起来

十三

我要送你一颗星星

给你满天的快乐

十四

在黑夜中找到的

我们总是又迷失在白天

十五

执迷于一种痛苦

我不知该怎样计较幸福

十六

天下女子这么多
我最爱的是你
天下男子这么多
最爱你的是我

十七

在烟雨中回望咱俩的过去
风把故事吹成了云彩的形状

十八

来到这个罪恶的世界上
我们要寻找的不只是幸福
还有痛苦

十九

我会思考
却没有思想

二十

那渐渐远去又不能挽留的
使我泪水不自禁地滴落

一

当时天空中橘黄色的月亮

我们嗅到郁香的春天在怒放

留下美好的回忆留下欢笑的片断

我潺潺的话语你灵动的双眼

二

我在诗歌里感觉

你的容颜

秋天的银杏叶子一样温暖

蓝色蒲公英

三

走在黄昏的落寞里

夕阳拉长了我的影子

靠在银杏树上看云

一时间忘记了孤独

像是那条站在岸边的鱼

四

远方有个姑娘

实实在在地喜欢我

我的缺点她知道

我的错误她原谅

五

兴致勃勃错愕脆弱

试图诠释生活的列车

从黑暗中驶来

又驶向黑暗

有一种清醒叫做困惑

手风琴声渐渐消失

六

我在一条笔直的线上行走

背后两盏夜灯给我对称的影子

乐声响起是他人的欢乐

我踽踽而行

影子也在孤独中渐渐淡去

七

天黑一瞬间

你的身影渐行渐远

我曾凝眸于你的凝眸

期盼着你的期盼

如今在这幽蓝的星夜

梦也变得遥远

我枯焦的双眼

你水果样的脸

一

夜雨悄悄地

淋湿了黎明

小满抬起左手

用眼神指了出来

二

睡着了的小满

眼睫毛铺下来

像是一场厚厚的积雪

像是一泓温柔的夜色

三

只有小朋友

才真正当得起

被天席地的豪气

不信你看

她这边拱拱那边滚滚

翻山越岭几万里

才肯心甘情愿地睡去

四

气场就是

无论在童车上

慢点儿长大·给我的小情人

还是在餐椅里

都有一种

从天安门城楼

往下看的随意

五

嘎嘎、喵喵、汪汪……

在小满的世界里众生平等

无论看见哪一个

她都要咿咿呀呀说个不停

六

刚刚把你抱起来就扑向

推门而进的妈妈又搂又亲

我说小满，爸爸也要亲亲

你只是听而不闻

妈妈前脚才出去

你却搂住我脖子亲了又亲

七

你的笑声

一如

夜空中的烟火

点亮了满天星辰

八

你闹的时候

会嫌你不睡

你睡的时候

会盼你快醒

九

饿了会哭

困了会哭

撞疼了会哭

学不来会哭

尿不湿沉了会哭

外婆抱小姐姐会哭

……

随时会笑

十

每天飞机路过

总要手指苍穹

说起谁也不懂的名词

不就是从哈尔滨

飞到石家庄又飞来绵阳

你好洋气的么

十一

对小满的长相评头论足

也是人生的一大乐趣——

说是圆圆脸吧

还有一个尖儿

说是瓜子脸吧

毕竟还那么圆

好吧我们小满

是西瓜子脸

十二

抓住她要挣开

不理她又来撩人

一声声"喃喃"

心都融化啦

我的小精灵

你可得慢点儿长大

快点儿长大·给我的小情人

一

天使们降临人间
总不肯孤孤单单
所以有了小满
也跟来了元元

二

大雪纷飞，冬夜漫长。
拥你入怀，稳步端详。
肤凝温玉，熠熠如光。
神似皓月，恬静明亮。
此生何幸，有女成双。

三

进入梦乡时可爱
笑着玩耍时可爱
东张西望时可爱
撇嘴皱眉时可爱
咿咿呀呀时可爱
你在可爱
爸爸在给你写诗

四

写一些诗

写一些月光般的句子

等你和小满一起念出来

五

此时

我们透过窗子看雪花

待得东风起

爸爸再抱你去看春花

六

等着你和姐姐长大

我们一起在月光底下

背书习武玩耍

七

以前光阴只是春秋冬夏

而今光阴是你们一起长大

八

我要好好记住

记住你现在的模样

记住你的各种糗事

然后原原本本告诉

长大了的你

九

长大也很好

可以游历人间

可以吃遍天下

愿你随遇而安

不为外物所动

快快乐乐长长久久

十

夜色沉静

元元呼吸均匀

世界仿佛月色雪花般美好

天色微明

像春天那样醒来了

元元自己在玩耍

我的世界焕然一新

十一

我不会给你忠告
只能指给你看一看
什么是爱什么是美

十二

你穿着白色公主裙
恍惚间好像是
二十多年后的婚纱
想到你将会出嫁
难免教人悲喜交加

跋　一

　　小时候喜欢上诗是爱其美,现在也如此。当然,随着阅历的增加,我对诗也多了一些理解——诗者,志也;诗者,持也;诗者,时也;诗者,史也。

　　对我来说,诗是生活方式,是审美体验,也是生命境界。我读诗不是为了与千百年前的古人"心意相通",也不是为了面对"此情此景"时脱口而出。相反,读过的诗最好都忘掉,只安顿下一颗晶莹剔透的诗心。诗是介乎有涯和无涯、确定与不确定的表达,诗人是挣扎在命运与选择、存在和虚无之间的鲲鹏,写诗就是命里有时终须有,命里无时再强求。强求不是目的,目的是洗涤灵魂,完成自我。

　　小学开始读诗,中学开始写诗,虽然不勤快,但也一直没停过,我也从不怀疑自己会出一本诗集。2007年大学毕业前夕,表姐薛莉支援我印了大概200册《吉星散文诗歌作品选》,曹永红老师帮着排版印刷,易玲给我设计的封面和封底。后来,就没有动过正式出版的心思,主要是因为没有钱。我还记得杜子威拿着那本小册子不无感慨地说:"星哥,等以后我有了钱给你出诗集。"当然,我并不着急,我喜欢跟诗歌一起沉寂积淀的时光,不为别人的认可,只想写出自己心仪的诗句。

诗集名字从《来自星星的诗》《诗与心》《星空》转了一圈，最后定为《天地诗心》。能够正式出版，得益于哈工大本科生院文化素质教育课程建设的立项支持。诗歌的筛选主要有赖众多亲朋好友，当然我自己也选了一些——写得好坏不要紧，重要的是读起来仿佛又带我回到了那些旧日时光。序一沿用了自印小册子中圣洁姐的文字，这让我想起当年备考北大美学研究生时，圣洁姐给我的莫大帮助和鼓励。序二是宝哥对我赤裸裸的表扬，愧不敢当，我用来警醒自己不要懈怠，以他笔下的吉星为榜样，不忘初心，携梦前行。序三看起来口无遮拦，贻笑大方，之所以拿来当序，跟我自己选诗的标准一样，诗者时也，诗者史也，过去的我也是我。

　　感谢才华横溢的法国画家玛丽·拉维，她的画作使得本书增色不少。汪小琨告诉我，20世纪80年代，玛丽·拉维在卢浮宫研究欧洲传统油画的技巧，从此走上职业画家生涯。她的作品涉及水彩、粉彩、单版画和欧洲传统油画、蛋彩画，被来自世界各地的收藏家拥有。感兴趣的朋友可以去网上（http://www.galerielavie.com）看看玛丽·拉维如何完美地在各种绘画技巧中自由切换。感谢责任编辑徐家春校友"规格严格，功夫到家"的工作，这些诗歌能够以最好的方式呈现出来，完全离不开他付出的辛劳和智慧。之前跟家春有过约定，要出诗集就找他，于是这本《天地诗心》顺理成章地在知识产权出版社出版了。我是个非常怕麻烦的人，有家春在我几乎没有感觉到出书有什么麻烦。感谢连菲，整个出书过程包括选诗、排版、封面设计等都没少给她添麻烦。她还从建筑学院请了才女夏晔帮忙设计封面和封底。我生命中有几个"交浅言深"的朋友，刚刚认识就聊得很投机，接触久了更觉相见恨晚，不经常联系也像才联系过一样。连菲就是这样的朋友。

岁数大了，话一说就止不住，赶紧停下。春天就要来了，诗意浩荡，让我们一起打开书卷或走向自然，在有情天地读一读人类和世界。

吉　星

2017 年 2 月 14 日于哈工大西苑小区

跋　二
我的老公是诗人

何荭菲

前一阵"为你读诗"公众号发表了赵又廷朗读的奥斯卡·王尔德的作品《给妻子——题我的一本诗集》。这首诗如果让我自己看，估计没啥感觉，但配合赵又廷的声音和背景音乐，我忍不住听了一遍又一遍，然后分享到了朋友圈。

孩子爸爸看到了，或许以为我在暗示什么，就说：我也来写一首，放在我的诗集上。

那时候，他的诗集正在编辑校对中。他真的要出一本诗集了！

我俩迄今为止认识 8 年，在一起 5 年，有孩子两个。他写给别人的诗很多，写给我的寥寥无几。有时候，读到那些致某某、赠某某的诗，心里也会愤愤不平，偏他还拿到你手上摆到你面前让你看，逼着你脑补一部青春爱情电影出来，真够缺心眼的。

我俩没在一起之前，和相熟的人聊起他，大家心里都有一些心照不宣的感慨，就觉得这哥们儿挺傻的，还颇自以为是。譬如说：每月工资不高，攒半年钱然后出去玩一趟，从不为以后打算；工作之外不想着如何更进一步，却热衷和一帮人做着无甚用处的电子杂志、文学论坛自娱自乐；沉迷于过往的恋情中不能自拔，总是感怀喟叹，写一些酸诗……别人当面说他是才子、行事洒脱，背后不知怎么笑话他呢，他还浑然不觉，并且以诗人自居，大言不惭地说"我当然是诗人！"。

诗人是什么？在我的想象中，诗人总是郁闷的、不得志的、郁郁寡欢的，作诗不行，作死来凑。我当时就想，这样的人啊，做朋友可以，可不要做男朋友。如隔山望云，常常让人摸不着头脑。连带着暗暗告诫自己，离文艺男青年也要远一点。

可谁知道，最后我俩竟然成为最亲密的朋友和家人了呢？

我自己不会写诗，也不爱读诗，却读了他的好些诗。我不知道这些诗算不算好，大概有好的也有不那么好的吧。我们生活在一起之后，我知道了他的一些小习惯，比如拍到了好看的照片要发在朋友圈，他就会抓着手机涂涂抹抹半天，原来是要配一首诗。我说，你也太麻烦了，没几个字，想这半天。他说，诗也需要寻找最心仪的表达啊！啧，原来诗人写诗也并不是张口就来的呀。

当然我也见识了他的夸张。比如他说"我是一个被驱逐的天使，我是拥有青春和智慧的神"。看完这个再看他写给少时爱慕者的"在葡萄架下轻弹着一曲吉他，掩饰不住的快乐一如无处不在的风"就心境平和了，因为他压根不会弹吉他呀。

从某种意义上来说，诗是无用的，写诗也是无用的。自从那句"生活不止眼前的苟且，还有诗和远方"火了之后，似乎人们不再羞于谈诗。随着董卿主持的《中国诗词大会》的播出，诗歌更是成了一种生活美学，成了人们心中的追慕之地。但其实，诗还是诗，并没有发生变化。如果对诗存在误解，那一定是还没有读到好诗。

这一两年孩子开始学说话后，我发觉孩子说的话，往往就是诗。诗歌的思维方式和孩子的思维方式很相似，主客未分，万物有灵。如果你现在已经有了孩子，你一定能明白这种感觉。随着年纪渐长，我们逐渐遗失了这个技能，但有一些人像有异能的小孩，这么多年，依旧保留了一颗诗心。在人群中，让人很容易就把他们找到。

如今，他的诗集出版了。但在这之前，他真的早就是一个诗人了。

玛丽·拉维

法国著名画家